Gamle Geronimo og andre historier.

Av
Anne Olga Vea

Dette verket er en fiksjon og enhver likhet med virkelige personer og
hendelser eller verk er rent tilfeldige.

Gjengangeren på Hovi

Jeg trodde ikke på spøkelser, alvorlig talt, ikke i det hele tatt. Når jeg hørte om folk som hadde sett slikt pleide jeg bare å blåse i nesa av dem og si at de sikkert hadde sett syner eller var susete i hodet. Gjett om jeg fikk meg en vekker og det til gangs. En kan kanskje si at jeg ble grundig omvendt. Det hele begynte i fjor sommer, da flyttet vi fra leiligheten der familien min bodde til et småbruk foreldrene mine arvet fra en onkel av mor og jeg og broren min ble røsket opp med rota kan en si. Ikke at det var meg i mot, for jeg trivdes ikke der vi bodde før. Det var liten plass der og vi bodde nesten oppå hverandre, og det var midt i et boligfelt med folk overalt. En ble liksom aldri helt alene der og man måtte ta så mange hensyn hele tida. Foreldrene mine nølte i hvert fall ikke lenge da de fikk tilbudet og vi flyttet i løpet av en måned. For oss ungene betydde det at vi fikk hvert vårt svære rom og at vi brått kunne spille høyt og sole oss og bare herje uten at noen kom og klagde og det var jo deilig. Aberet er at far må kjøre oss to mil hver morgen ned til hovedveien så skolebussen kan plukke oss opp. Jeg syns egentlig ikke at det gjør noe som helst for da gjør vi da i det minste noe sammen og før så vi knapt noe til hverandre i det hele tatt.

Før bodde vi i byen nede ved munningen av fjorden og selv om det var pent der nede og kort vei til havet så trives jeg mye bedre her oppe. Bygda vi nå bor i ligger i en sidedal til hoveddalføret og det er en skikkelig bratt og svingete vei opp dit men så flater dalen liksom av og er bred og vakker med mange fine gårder og masse skog og småvann. Det er virkelig en idyll om sommeren men mer av en utfordring om vinteren, far måtte selge den gamle stasjonsvogna og kjøpe en sterk firehjulstrekker for bratta ned mot hovedveien ble en for stor påkjenning for nervene hans mente han. Læreren jeg har i naturfag kaller dalen for en hengedal som ble til under istida da en sidearm av hovedbreen grov seg ned i en gammel elvedal, ikke at det bryr meg men området er helt perfekt for den som er glad i naturen. Huset på gården er bare ti ganger større enn leiligheten var og mye finere med vakre tregolv som er kjempegamle og masse krinkler og kroker som jeg elsket å utforske. Det var også et digert uthus som hadde vært sauefjøs og en gammel stall der.

Der kommer vi vel egentlig inn på hovedgrunnen til at jeg likte ideen om å flytte til bygda i stedet for å bli boende i byen, jeg har hest og nede ved fjorden var det ikke noe godt hestemiljø. Her i bygda er det hester på nesten hver en gård og på gården Hovi er det en stor leiestall der hesten min ble oppstallet til far fikk i orden gamlestallen her hjemme.

I byen sto Pontus som han heter på en stall halvannen mil lengre ut mot havgapet og selv om det var en veldig fin og ny stall så var miljøet der råttent. Det var bare en masse bertete jenter som skrøt av alt de vant og de brydde seg mer om å baksnakke hverandre og kaste skitt enn å kose seg med ridingen. Det var bare status og fasade som betydde noe og gjett om jeg fikk høre det noen ganger. Pontus har ikke noen stamtavle siden han er resultatet av et lite uhell, og derfor ble både han og jeg av og til sett på som hår i maten kan en si. Alle de andre hestene der hadde stamtavler lange som vonde år og vi ble liksom utfryst selv om jeg og Pontus til min store skadefryd slo mange av dem i de årlige gymkhana lekene. Pontus er min øyesten og det bryr ikke meg at han er en blanding av dartmoor ponni og shagya araber, helt perfekt er det ordet jeg pleier å bruke om godgutten min.

Her i bygda var det ingen som brydde seg om det, den dagen da far hentet ham og kjørte ham til Hovi var det en hel bataljon som møtte opp for å ønske nykomlingen velkommen og alle

syntes han var bare skjønn. Jeg fikk brått minst fem nye villige
hjelpere som godvillig ville hjelpe meg med stellet bare de fikk
ha kontakt med ham. Stallen på Hovi var kjempediger, det var
plass til femti hester der for det hadde egentlig vært et stort
kufjøs og så var båsene gjort om til store spilt og bokser og det
var helt utrolig koselig der. Litt gammelt kanskje men desto
mer stemningsfylt og trivelig. Hovi er liksom hovedgården i
dalen, den ligger helt øverst i bygda og er et gammelt
herresete, eller noe slikt. I det minste ser en den fra hele bygda
der den ligger og troner på en liten ås i enden av dalføret, og
det er den fineste gården i hele dalen. Hovedbygningen der
fikk mor til å måpe da hun kom oppom første gangen, hun
mente at det å være husmor der må ha vært et mareritt. Det å
vaske hele det huset til jul måtte ta flere uker. Det er to store
nye fjøs der nå, et til kyr og et til gris men de er liksom skjult
på baksida av åsen så en ser ikke dem fra bygda. En ser bare
det store hvite hovedbygget og føderåds bygget som er like
imponerende. En ser også de to svære stabburene som er laftet
og fredet faktisk og den enorme gamle laftede låven fra
sekstenhundretallet. Stallen ser en taket på over åskanten. Jeg
tror den som anla gården der virkelig ville lage noe som var
imponerende og det har de greid. Gården er visst verneverdig
så de som driver der har ikke lov til å endre noe på utsiden av
de gamle bygningene. Det er en diger park rundt bolighusene
og en vakker allee langs gårdsveien.
Det bor tre generasjoner der, det er ikke lenger nødvendig med
så mange folk for å drive jorda så det er to ansatte der, ellers
greier sønnen på gården alt selv. Han og kona er liksom de
som driver hele greia og han tok over to år før jeg flyttet til
bygda. Han har tre barn og den eldste jenta, Åsta, er på min
alder. Hun går på skolen jeg går på så det gikk fort til at vi ble
venninner. Foreldrene til Stein som han heter bor også der, de
har en leilighet i hovedbygget og heter Olav og Hjørdis og de
er kjempekoselige og i begynnelsen av syttiåra tror jeg. Jeg
følte meg hjemme og velkommen med en gang jeg kom dit og

5

gled rett inn i stallmiljøet. Der var det ingen fisefine byfrøkner men en hel drøss unger fra gårdene rundt der som var vant med å få møkk under neglene og ta i et tak. Jeg ble fort fast inventar i stallen og vente meg til omskiftningene fort.

Selvsagt var det mye å gjøre i begynnelsen og jeg måtte hjelpe til mye med å fikse huset og få alt i orden men etter noen uker fikk jeg mer tid til å bruke på å ri og slikt og far var så fornøyd for han fikk virkelig vist at han var en fingernem kar. I leiligheten fikk han ikke gjort stort og når en jobber på et regnskapskontor blir det liksom ikke mulighet til å vise at man faktisk duger med hammer sag og spiker. Stalleia var også bare snaut halvparten av det den var i byen og her var det svære beiter hestene kunne gå på når de ikke var i bruk. Jeg merket at Pontus liksom blomstret opp etter bare noen dager der, den trivdes også mye bedre der.

Det var ikke før på sensommeren at jeg fikk vite om gjengangeren på Hovi og det skjedde en ettermiddag jeg drev på å møkket ut. Et par av jentene hadde gått over i gamlelåven for å hente noen halmbunter og kom tilbake helt ville i blikket. Jeg begynte å lure på om det var noe galt med hestene som gikk på beite bak låven så jeg gikk bort for å høre hva det var og de sto og snakket med Åsta så jeg hørte hva de sa. "Det var Gyda", sa den ene av dem. "Hun sto midt på låvegolvet og glante på oss, jeg ble så redd at jeg nesten pissa på meg!"

Åsta bare gliste, hun pleide aldri å la seg vippe av pinnen av noe. "Ta det med ro, hun har aldri gjort noen noe. Det er helt ufarlig."

Den andre jenta var helt skjelven. "Jammen, så nifs! Vi så veggen tvers gjennom henne, helt sant!"

Jeg må ha sett ut som et levende spørsmålstegn og Åsta bare nikket kort til meg. "De har nettopp sett vårt lokale gjenferd, det skjer av og til at noen ser henne. "

Jeg må ha hatt haka på sjette hakket eller noe for Åsta så litt forskende på meg. "Å filler'n, ikke si at du aldri har hørt om gjengangeren vår? Trodde hele landet kjente til det jeg."

Jeg måtte kremte. "Æh, gjenganger? Men... "
Åsta ristet oppgitt på hodet. "Greit, jeg trodde ikke på det
heller men jeg har sett henne ni ganger og tro meg, det er
virkelig. Tro meg eller ei, jeg vet hva jeg har sett, og hva folk
ellers her har sett i flere hundre år."
Jeg stammet nesten, brått kjente jeg at hårene i nakken på meg
virkelig strittet. "E..er det sant altså? Det er vel ikke her i
stallen?!"
Jeg tenkte på hestene selvsagt og jeg kunne liksom ikke helt
tro på det hun sa selv om jeg på et vis visste at hun ikke løy for
meg.
Åsta lo litt. "Nei da, hun viser seg bare i gamle låven og nede
på gamle kirkegården, og helst på denne tida av året."
Jeg trakk et lettelsens sukk, tanken på å møte et spøkelse i
stallgangen fikk meg til å kaldsvette litt. "Men vet dere
virkelig hvem det er?! "
Åsta nikket. "Vi tror i det minste det, det er en eldgammel
historie forstår du. Om du vil kan jeg få bestemor til å fortelle
den for hun kan hele sagnet utenat og hun elsker å fortelle om
det. Jeg skal bare gjøre ferdig stellet her så kan vi gå og høre. "
Jeg nikket litt usikker men ble litt nysgjerrig også. Mor hadde
ment at en slik staselig gård ikke ville være komplett uten en
gammel spøkelseshistorie og nå viste det seg jammen at stedet
hadde et spøkelse.
Vi gjorde oss ferdige med det vi skulle gjøre og gikk bort til
hovedbygningen, den var så flott og svær at jeg bare måtte
glane. Det vokste villvin oppover veggene og jeg forsto at da
den ble bygget måtte folkene som eide gården ha vært
skamløst rike. Åsta pekte på noen tall på ene gavlen. "Det var
en baron som bygde husene på syttenhundretallet, han var gift
med datteren på gården her og var opprinnelig dansk selv. Han
tok med seg arkitekturen og alt det der fra de store
herregårdene i Europa og resultatet ble da fint?"
Jeg nikket og så for meg en flott dame i krinoline og hvit
parykk som spaserte nedover grusgangene, det ville sett helt

naturlig ut. "Mor mener at det må ha vært et forferdelig arbeide å stelle dette huset?"

Åsta nikket. "Før var det faktisk opp til seksti mennesker som jobbet her, kan du fatte det? Seksti! Det er en hel bedrift det." Hun åpnet kjøkken inngangen og vi gikk inn, mye av huset var ubebodd og det bar det preg av. Det luktet liksom feil, det var noe som manglet der.

"Det var minst fire budeier til kyrne, tre fjøsgutter som foret og slikt og en som kjørte bort møkka. Det var fem stallkarer, tre kjørekarer og to smeder. Jeg tror det var tre jenter som stelte fjørfe og småfeet og så var det to karer som stelte grisene og minst fire mann som jobbet med å holde veiene her vedlike. Det var en portner og to vaktmestere og en haug med snekkere og malere og jeg tror det var ti gartnere som jobbet her om våren og sommeren. I huset var det en drøss med stuepiker og kammerpiker og kokker og vaskehjelper. Det var noen folk som bare jobbet med å bære ved og vann og sikkert en hovmester eller to også. Fytterakkern, de må ha hatt det lettvint de som var på toppen den gangen. "

Jeg kunne bare si meg enig.

Åsta fant leiligheten til besteforeldrene men jeg ville gått meg bort i alle gangene og korridorene, banna bein. Hjørdis åpnet og smilte og Åsta forklarte ærendet. Hjørdis ble ivrig med en gang.

"Selvsagt skal jeg fortelle, det skulle bare mangle. Det er fint vær nå jenter, jeg tenker vi går ut på terrassen og så tar vi med en mugge med litt iste og koser oss."

Hjørdis var virkelig så hyggelig som noen kan bli og jeg likte henne veldig godt, hun var liksom så bestemor aktig overfor alle ungdommene her.

Vi gikk ut til den vesle terrassen som var lagd ved hushjørnet og satte oss i noen kurvstoler som sto der. Hjørdis kom med et brett med glass og en stor mugge og satte seg ned midt i mot oss, hun skjenket i og lente seg tilbake med et litt tankefullt blikk. "Så hun har vist seg igjen, ja det er tida for det nå. Det var visstnok på denne årstida hun døde. "

Jeg så sikkert skrekkelig nysgjerrig ut for Hjørdis smilte og tok en slurk av teen før hun fortsatte. "Jeg kom hit sørfra som ungjente, skulle jobbe her men endte opp som gårdkone etter hvert. Det gikk bare tre uker fra jeg kom hit til jeg så Gyda første gangen og Olav måtte hente meg ned igjen fra øverste kvisten her i huset for jeg gjemte meg i panikk. Siden ble jeg jo vant med henne kan en si, hun er jo helt harmløs men skremmer nesten vettet av dem som ikke vet om henne da selvsagt."

Jeg kunne levende forestille meg det ja, jeg håpet at jeg aldri ble så heldig å se henne om en kan kalle det å være heldig. Hjørdis fortsatte. "Jeg vet ikke hvor mye du vet om denne bygda jeg Merete?"

Jeg måtte innrømme at jeg visste minimalt og hun nikket kort. ."Det er vel ikke annet å vente, barna her får historien inn med morsmelka men for en utenfra er den kanskje litt tung å få med seg slik med en gang. Det er liksom ikke pensum i historiebøkene nå for tida."

Hun snudde seg litt så hun så ut over bygda.

"Denne bygda ble tidlig bebygd for det er god jord her og mye vilt og fisk er det jo i elva. Man vet lite om hvordan samfunnet her var bygd opp i riktig gammel tid men en vet at alt i vikingtida var gården her hovedsetet i dalen og all jorda lå inn under Hovi eller hva den nå het på den tida. Navnet har den fordi det var et hov her på den tida. Det var en liten småkonge som holdt til der da og etter hvert ble alle de andre gårdene lagt inn under denne storgården."

Jeg nikket for jeg hadde hørt litt om den tida på skolen.

"Bygda her er jo isolert og det tok sin tid før den tok igjen de mer urbane områdene nærmere kysten. Det ble bygd en kirke her men folk holdt på de gamle skikkene svært lenge, Faktisk var det så ille at biskopen truet med å bannlyse hele bygda om de ikke holdt opp med de hedenske sedene sine."

Jeg måtte nesten trekke på smilebåndet, tror ikke noen i våre dager heller ville brydd seg stort om en bannlysning eller to. Hjørdis trakk på smilebåndet. "Folket her i bygda er et stritt slag og var sikkert enda striere den gangen vil jeg tro. Det gjaldt å holde på det som var sitt den gangen som nå. "

Hun tok en slurk av teen igjen og folket hendene over ene kneet. "Sagnet om Gyda går antagelig tilbake til sent på 11 hundretallet eller begynnelsen av 12 hundre tallet, ingen er helt sikre for det har aldri vært gjort noen ordentlige undersøkelser og på den tida var det jo ingen kirkebøker eller noe slikt. Det vi vet er at hun har vært sett her i mange århundrer, det første skriftlige beviset stammer visst fra fjorten hundretallet da en prest nevnte noe om en gjenganger her."

Jeg kunne ikke dy meg. "Men er dere sikre på at denne gjengangeren er denne Gyda? Det må da ha dødd folk her senere også? "

Hjørdis nikket. "Jo da, mange mener at gjenferdet er etter en seterjente som tok livet av seg fordi hun ble gravid utenfor ekteskapet men vi tror bestemt at det er Gyda ja, alt passer nemlig så godt med det. "

Åsta smilte litt skjevt. "Bare hør nå så skjønner du det etter hvert."

Hjørdis fortsatte. "Man tror at Gyda var datteren til storbonden her på gården, han var en mann med stor makt på den tida for før det store jordraset nede i hoveddalen i femten tre og tjue gikk hovedveien sørover fjellet faktisk forbi her og dermed ble det til at de som skulle over som pilegrimer overnattet her og la igjen mye penger hvert år. Ene broren til bonden her som angivelig het Halfdan var gift med søsteren til en av kongens nærmeste menn og slikt gav prestisje den gangen, du vet, den tida var ekteskap mer en politisk foreteelse enn en rent personlig en. Slik bygde en viktige makt forbindelser og fikk liksom en mulighet til å påvirke dem som styrte og stelte. "

Jeg nikket for jeg hadde hørt om slikt i historie timene, hvordan man brukte arrangerte ekteskap for å klatre i status og makt i samfunnet. Åsta gyste "Jeg er jammen glad det ikke er slik lenger jeg!"

Jeg måtte si meg inderlig enig der. Hjørdis smilte av ansiktene våre. "Ja dere hadde vært gifteklare begge to hadde dere levd på den tida, og fedrene deres hadde vel ligget på lur nede ved veien med armbrøsten klar tenker jeg, klare til å bli kvitt alle frierne. "

Vi rødmet begge to og fniste.

Hjørdis kremtet litt. "Halfdan hadde som så mange andre storbønder og adelige en sterk ætt i ryggen og slektninger i nord og sør, familien hans satt med voldsomt mye prestisje så det er bare naturlig at de var stolte mennesker som ikke lot seg plukke på nesa. Han hadde tre sønner men bare en datter og det var Gyda og etter det sagnet sier så var hun virkelig en datter av sin far og meget klar over sin egen verdi."

Åsta gliste bredt. "En ordentlig berte altså, jeg vet om noen slike i våre dager også. "

Jeg måtte le, jentene på stallen der Pontus sto var slike nesten alle sammen for foreldrene deres var slike viktige mennesker mente de, leger og advokater og fåglarna vet hva mer.

"Gyda var også en skjønnhet, ja de som har sett henne har jo sett at hun er vakker, hun ville faktisk vært regnet som en høy og flott kvinne selv i våre dager. På den tida var jo folk heller småvokst sammenlignet med oss i vårt århundre. Hun ble jo etter hvert gifteklar og det begynte å komme friere til henne og det var ingen hvemsomhelst som kunne få fri til en slik skatt, å nei så langt ifra. Der var det bare de rikeste og mektigste som kunne få innpass."

Hjørdis fylte glassene våre igjen og tørket litt av bordet, nesten litt fraværende. "På den tida var jo arrangerte ekteskap vanlig men det betydde ikke at jentene ikke hadde noe de skulle si, de fikk nok velge mellom dem foreldrene fant brukbare for dette var før kirken fikk makta til å plassere kvinnene et steg ned på den sosiale stigen under mennene. Det var jo vanlig at kvinner kunne få skilsmisse ganske lett og det ville en jo unngå så en tok det sakte i svingene til å begynne med." Åsta blunket til meg. "Jeg leste om det i en bok en gang, damene på den tida hadde faktisk mye makt, og en god del frihet også selv om det ikke alltid høres slik ut."

Hjørdis så litt stolt på barnebarnet. "Ja du leser jo mye Åsta min, og det er bra. Kunnskap er aldri av annet enn det gode. Vel, Gyda var som sagt stor på det, og meget stolt. Hun spente nok frierne på pinebenken lenge og vel før hun valgte og da tok hun selvsagt en mann av en annen fremstående slekt. Han var visstnok svært rik og ganske ung og pen og hun falt nok for ham også. I hvert fall tyder det som videre skjedde på det. "

Jeg begynte å synes at dette faktisk var ganske interessant og fulgte virkelig med, Hjørdis kunne å fortelle så det ble levende for den som hørte på.

"Den gangen tok bryllupsforberedelser lang tid og siden dette var to viktige og mektige ætter som skulle forenes ble det et helt år å vente før alt var i orden. Frieren hadde sverget overfor Gyda at hun skulle få den vakreste kjolen noen brud hadde båret der i bygda noen gang, en brudekrone skulle hun få og hun skulle få ri til kirke på en hest ingen hadde maken til. Sølv skulle det være i seletøyet og hun skulle få store jordområder og mye krøtter i brudegave. Så dere skjønner, det var virkelig om å gjøre å godgjøre denne frøkenen. På den tida betydde jo slikt voldsomt mye for sosial status og hun krevde vel intet mindre heller."

Jeg måtte le. "Hun høres jo ut som en slik "Bridezilla" som en hører om borte i statene og der omkring,"

Åsta nikket ivrig. "Ja men det er slike her i landet også, slike som må styre hver en liten detalj i bryllupet sitt og som må bestemme absolutt alt så det blir helt perfekt ned til fargen på undertøyet til blomsterpiken."

Jeg fniste. "Ja og kanskje til presten også hva vet jeg! "

Hjørdis lo litt oppgitt. "Jo hun var nok bortskjemt, men fremtida så jo virkelig rosenrød ut for henne og med en slik ætt i ryggen ville hun aldri få annet enn god behandling og respekt. Ætten var jo alfa og omega på den tida. "

Jeg var begynt å bli ordentlig nysgjerrig. "Men så gikk noe galt?"

Hjørdis nikket litt sørgmodig. "Ja noe gikk galt, Gyda likte frieren sin godt, litt for godt faktisk for utpå våren ble folk var at den blivende bruden begynte å bli litt rundere enn før. Hun la seg ut på midten kan en si. "

Jeg skar en grimase. "Auda, og det var skandale?"

Hjørdis trakk på det. "Nei, ikke direkte, du vet, på den tida var man ikke så nøye på det der med en ren brud og alt det der, det var faktisk sett på som bra at bruden var med barn for da visste man at hun ikke var ufruktbar og de skulle jo gifte seg uansett. Man hadde jo et helt annet syn på seksualitet den gangen og selv om presten sikkert hadde et og annet å si betydde ikke det mye for her i bygda var det så som så med gudfryktigheten. Nei, det var ikke så farlig med det, man gliste kanskje litt godmodig i skjegget og mente at den ungdommen var seg selv lik og skjemtet litt med det men verre var det ikke. Nei, det gale skjedde på sen sommeren. "

Åsta så litt trist ut, hun kjente jo historien fra før.

"Det var bare noen måneder igjen til bryllupet og Gyda var antagelig minst sju måneder på vei, så skulle hun og noen andre jenter angivelig ut og lete etter noen rømte geiter og i skogen sklir hun på en løs stein og faller og slår seg ganske kraftig. I følge sagnet mistet hun barnet etter et par dager og ble alvorlig syk. Den gangen hadde man jo ikke slikt som antibiotika og blodoverføringer og slikt så den slags kunne virkelig være farlig. Fortellingen sier at hun kalte sin forlovede til seg da hun forsto at hun neppe ville overleve, hun ville at han skulle love henne en storslagen begravelse, like flott som bryllupet hun aldri skulle få oppleve, for hun mente at i og med at han var "gravøren" så hadde han også sin del av skylda for at hun nå lå på det siste. Han nølte visstnok men sverget så at hun skulle bli begravd med kjolen, kronen og alt det andre han hadde lovet henne. Det å sverge slik var virkelig ikke noe man tok lett på, man var virkelig nøye på det å holde ord. Det beroliget henne og hun døde i fred. "

Jeg gispet "Så tragisk, stakkars! Men hun går jo igjen?! " Hjørdis nikket."Ja, det gjør hun arme sjel. Forloveden hennes var nok ikke så renhjertet som han hadde gitt utrykk for, han svek henne av ren grådighet. Vel fikk hun en flott begravelse på kirkegården attpå til men den var ikke så storslagen som Gyda ville ønsket det for hun ble begravd i en vanlig kjole og hun fikk ingen krone med seg i graven. "

Jeg rynket pannen. "Men var det vanlig å legge ting i graven til folk da? De var jo kristne?"

Hjørdis ristet på hodet. "I navnet ja, men ikke i handling. Presten var bare en nikkedukke og ennå tilba man æsene og gav folk gravgaver for det var vanlig å tro at man ville møte sine forfedre igjen på den andre siden og der måtte man vise at man hadde rikdom og makt. En måtte med andre ord virkelig kunne vise at ætten ennå var sterk og rik og at en sendte med sine kjære alt de trengte til den neste verden. Det var for å vise at man æret dem høyt og at man ikke var gjerrige. Det var nesten et slikt statusjag i det hinsidige. Sagnet sier at Gyda fikk ham til å love det han gjorde fordi hun ellers var redd hun ville komme til forfedrene som en fattig stakkar og hun skulle da vite og vise hvem hun var også på andre siden."

Åsta fnøs. "Glad det ikke er slik lenger jeg. "

Hjørdis ristet på hodet. "Si ikke det, nå er det jo om å gjøre å begrave folk i de fineste kistene vet du, ikke at de døde merker noen forskjell men det gjør de som møter opp i begravelsen." "Så det ble en enkel begravelse?"

Hjørdis nikket. "Ja, en mer kristen begravelse enn hun var vant med, kirkegården var nettopp åpnet og før hadde man jo hauglagt de døde og hun hadde vel sett for seg noe slikt. At hun skulle bli gravlagt med alt utstyret hun trengte til en husholdning og både hester og kyr. Men skikkene var blitt annerledes i løpet av hennes levetid og forloveden hennes ville ikke ofre en dyr hest og masse rikdom når det ikke ble noe mer av det."

Åsta lente hodet i hendene og sukket. "For en gnier! "

Hjørdis bikket på hodet. "En kan jo si det slikt, han forsvant fra bygda igjen og giftet seg med en annen jente fra en storætt sørpå men de sier at han var redd noen skulle stjele tingene han hadde lovet å gi Gyda mens han satt ved dødsleiet hennes så han gjemte alt et sted på gården. Da hun døde og han skulle hente tingene igjen hadde allerede noen greid å finne sølvet og gullmyntene og det fine sølvbeslåtte seletøyet og stjålet det. Det er kanskje noe i det for Gyda har vært sett i gamle låven og det lå en enda eldre låve der før, antagelig gjemte tyven tingene i høyet et sted til oppstyret gikk over. Mange sier at hun leter etter gravskatten hun aldri fikk og at hun ikke kan krysse over før hun finner det hun ble lovet."

Jeg kjente at jeg fikk en liten klump i halsen. "Så tragisk, selv om hun var høy på pæra altså. Jeg synes synd på henne."

Åsta nikket kort. "Det tror jeg alle gjør når de vet hva som ligger bak."

Hjørdis tømte glasset sitt og ryddet sammen litt. "Hun blir jo sett nede på gamle kirkegården også, det var jo en flott stavkirke der opprinnelig men den brant ned to ganger og så flyttet de hele greia ned til sletta ved elva og satte opp en steinkirke i stedet. Kirkegården er fredet men de vet hvor hun ligger for det ble visstnok satt opp en stor stein der og den står ennå. En kaller den "Gydasteinen"og hun sirkler som regel rundt den som om hun ikke kommer seg bort fra den. "

Jeg gyste så hårene reiste seg på armene mine. "Grøss, jeg håper jeg ikke får se det noen gang."

Åsta bare trakk på skuldrene. "Det er ikke noe å være redd for vet du, hun skader da ingen. Kirkegården ligger faktisk ved ridestien vi bruker langs elva, det er ordentlig pent der nede."

Jeg slo ut med armene. "Kan være så pent det vil for meg, jeg vil ikke dit på kvelden i hvert fall, ikke om ti ville hester trekker meg!"

Vi gikk igjen og jeg tenkte mye på fortellingen i noen dager men så ble det liksom mye annet å tenke på og skolen begynte snart igjen så vi prøvde å presse så mye som mulig inn i de dagene vi hadde igjen med fri. Jeg red mye og koste med i sommervarmen og flørtet litt med noen av guttene og mor og far hadde nok med sitt så jeg hadde temmelig frie tømmer. Jeg hadde faktisk glemt det meste om Gyda og sagnet helt til en morgen jeg var i stallen og skulle hjelpe et par av de små stalljentene med å hente strø i gamlelåven. Vi brukte en trillebår til det for de store firkant posene med sagflis veier ofte nesten åtti kilo og to småjenter på sju og åtte har ikke nubbesjans til å løfte dem. Jeg drev og slet med en slik steinhard pose for å få den opp i trillebåra da jeg brått merket at det ble så kaldt, faktisk iskaldt. Først trodde jeg at det var trekk noe sted men så kjente jeg at lufta sto stille og da var det som om et eller annet instinkt advarte meg om at jeg slettes ikke var alene der, og at den jeg delte rommet med ikke var noe menneske. Jeg kjente at knærne ble gele og halsen tørr som Sahara mens hjertet mitt galopperte av gårde i en vill fart. Jeg snudde meg sakte, ville ikke for alt i verden men måtte liksom. Bak meg var det en stor bred åpning inn i selve høyloftet og det var tomt, det var bare det eldgamle tregolvet der og vi hadde fått streng beskjed om å ikke gå ut på det for det var ikke trygt lenger.

Der midt på golvet så jeg henne, Gyda. Jeg turte ikke skrike, ellers ville jeg lagd et hyl en skrekkfilmregissør ville gått over lik for å få bruke i en film. Hun så liten ut først men så ble jeg var at det bare var beina fra knærne og opp som syntes, golvet i den gamle bygningen fra hennes tid var nok lavere enn i denne nyere låven. Hun var litt gjennomsiktig og hvitaktig og jeg sto der helt stiv som en statue og hyperventilerte mens jeg stirret. Jeg så at hun måtte ha vært virkelig pen for hun hadde fine trekk selv om de var slørete og klærne jeg skimtet måtte ha vært fine nok men sikkert ikke det hun var blitt lovet. Hun hadde langt løst hår og virket merkelig dukknakket, nesten oppgitt. Hodet hang og av og til skjulte hun ansiktet i hendene og jeg syntes nesten at jeg kunne sanse fortvilelsen hennes som om den var min egen. Brått syntes jeg forferdelig synd på henne. Jeg var ikke redd lenger, bare fylt med en sterk medlidenhet. Hun gikk rundt der inne og var av og til borte inne i veggen og det var tydelig at hun lette etter noe for hun bøyde seg og armene beveget seg som om hun rotet i høy eller noe. Etter litt rettet hun seg opp og jeg syntes det så ut som om hun sukket tungt, så vendte hun blikket oppover med et sorgfylt utrykk i fjeset og ble sakte borte som en tåkedott som løser seg opp i sola.

Jeg ble stående lenge, antagelig hadde ingen stått der så lenge og faktisk sett hva hun gjorde. Ingen hadde vært modige eller redde nok til å bare bli der i stedet for å løpe som tullinger ut døra igjen. Jeg tørket svetten, kjente at jeg skalv fra innerst til ytterst og at jeg liksom ikke hadde styrke i beina lenger. Jeg måtte sette meg ned litt før jeg turte gå ut igjen med strøet og jeg tror de andre så at noe hadde skjedd men de sa ingenting. De var vel vant med at folk kom fra låven og så ut som om de skulle på halloween fest utkledd som laken.

Jeg vet ikke hva som skjedde med meg men jeg fikk liksom ikke fred etter det, jeg tenkte på henne hele tida og jeg fikk liksom ikke fridd meg fra følelsen av at det måtte være noe jeg kunne gjøre for henne. Jeg prøvde å tenke meg hvordan det måtte ha føltes å få ødelagt alt på en slik måte og jeg kom frem til at det var umulig å forstå for en som meg i vår moderne verden. Det var ikke rart hun hadde spøkt der i flere hundre år. Jeg begynte å leke med ideen om å se på kirkegården om det var noe der som kunne gi meg en ide og tok mot til meg og luftet tankene for Åsta. Hun mente at det ikke var noe vi kunne gjøre men hun var med på å prøve for hun syntes også synd på henne. Dessuten syntes hun at det snart ble nok av vettskremte jentunger hun måtte roe ned, ble vi kvitt problemet ville det bli en gledens dag for henne. Vi ble enige om å besøke kirkegården og se om vi så noe der og siden sommerferien snart var over nølte vi ikke men tok hestene våre og red ned dit samme kveld. Vi sa ikke noe om hva vi skulle gjøre, vi regnet med at de voksne ville synes at vi var helt på jordet og det ville vi jo ikke ha noe av.

Det var en av disse flotte augustkveldene som var varme og milde med duft av blomster og turen ned dit var faktisk riktig fin. Pontus og hesten til Åsta, ei lita varmblodsmerr som het Cherie jafset i seg av gras og busker mens vi skrittet rolig ned til kirkegården og vi diskuterte det hele sammen mens vi red. Åsta røpet at hun aldri hadde prøvd å se gjenferdet der nede, hun hadde aldri turt men nå skulle hun se om det de sa var sant. Hun hadde sjekket noen bygdebøker bestemoren hadde og faktisk så hadde flere prester prøvd å fjerne Gyda men ingen hadde greid det. Jeg måtte trekke på smilebåndet. Var hun så stri som sagnet sa gav hun seg nok ikke så lett nei, og hun hadde neppe vært kristen så det nyttet vel neppe å komme der å preke om paradis og Jesus og hele den regla der. Det hadde vel hjulpet mer om noen fra hedningsamfunnet hadde kommet og preket vil jeg tro.

Da vi kom frem bant vi hestene ved ei bjørk og gikk inn på det som hadde vært en kirkegård, jeg må vedgå at jeg syntes det så ut som et gammalt beite for det var ikke mye der som minnet om en kirkegård lenger. Det sto busker og trær der og det var bare et hvitt gjerde som skilte det fra det gamle kubeitet rundt. Noen steiner sto der og stakk opp av graset og Åsta pekte på en stor en.

"Det er Gydasteinen, siden hun var en viktig person fikk hun reist en stein over grava si. I ene bygdeboka sto det at det antagelig var en runeinskripsjon på den en gang i tida men at den ble slitt bort av vær og vind og kanskje prestene ødela den også hvem vet. Den var nok hedensk i deres øyne."

Jeg så på steinen og syntes jeg kjente litt av den tomheten og fortvilelsen jeg hadde sanset rundt gjenferdet, jo det var nok hennes stein. Vi gikk bort til en busk og slo oss ned, fant frem noe drikke og litt snacks og så satt vi der da, og ventet på noe vi ikke riktig visste ville skje. Men det var oftest på slike kvelder hun viste seg. Vi satt der og hvisket og hadde det egentlig ganske hyggelig og samtaleevnet dreide seg snart rundt til hester og gutter og alt slik jenter vanligvis skravler om. Åsta skulle komme i en ny klasse og gruet seg og jeg gruet meg til matten for vi skulle få en ny lærer som var kjent for å være streng som bare rakkeren. Vi hadde sittet der i to timer og det begynte faktisk å bli skumt da det brått ble kaldt og Åsta ble vid i blikket og pekte kort. "Se, nå skjer det noe!"

Jeg så, en tåkedott viste seg like ved steinen og gradvis ble hun tydelig der hun gikk rundt steinen med hengende hode og skuldre. Hun rev seg i håret og vendte blikket oppover og jeg kjente en stor klump i halsen og en merkelig trang til å trøste. Det gikk rundt og rundt steinen og hun kom tydeligvis ikke der ifra, det var ganske klart. Hun var der kanskje tre fire minutter, så ble hun borte igjen og vi pustet ut. Åsta var blek og temmelig rystet men jeg følte meg underlig rolig, rart å tenke på når en tar det med i betraktningen at jeg hadde vært en ihuga skeptiker bare for noen uker siden, og nå var jeg til grader en troende.

Åsta pustet ut. "Fikk du noen ideer?"

Jeg ristet på hodet. "Nei, ikke her og nå, jeg tror jeg må tenke mer på detta gitt."

Åsta nikket fort. "Ja vel, jeg vil hjem, fort…! Dette her har jeg ikke nerver til igjen, det sier jeg bare! Aldri mer!"

Vi red hjem i stillhet, hestene var rolige og hadde visst ikke merket gjenferdet og det var rart for jeg husker at bestefar mente at hester kan se skrømt. Vi gjorde oss ferdige i stallen og sa godnatt og gikk hvert til vårt og jeg kom litt sent hjem den kvelden men mor sa ikke noe på det. Hun ante vel at slutten på ferien lå som en dom over hodet på oss ungdommene nå. Jeg tenkte og grublet på hvordan en kunne hjelpe Gyda, ja hvordan hjelper en egentlig en avdød med å finne fred? Det var egentlig en vanvittig tanke, hun var jo død for pokker, borte og forvandlet til jord for mange hundre år siden. Men jeg har vel egentlig alltid vært åpen for ideen om at det er mer enn at vi bare blir borte så det var kanskje ikke så umulig. Jeg satte meg ved pulten min og lagde et lite skjema med det jeg visste om henne. Årsaken til at hun gikk igjen måtte være at hun ikke fikk de tingene med seg i graven som hun hadde blitt lovet. Da forloveden hennes ikke ville begrave henne med alt hun trengte stengte han porten til evigheten for henne for hun kunne ikke komme til forfedrene som en vanlig fattig person, så stolt var hun nok.

Det var altså gravgavene som var nøkkelen slik jeg så det men der sto jeg fast gitt. Det gikk jo ikke å grave opp igjen graven hennes og lage en gravhaug der med både ting og klær og attpå til dyr! Det gikk kanskje den gangen men ikke pokker om noen i våre dager ville godta at man tok livet av levende dyr bare for å begrave dem. Jeg ville i hvert fall ikke tenke tanken engang. Så da var vi akkurat like langt.

Jeg tenkte litt på de derre synske folkene en ser på tv i åndenes makt og slike programmer, de ville vel riktig ha kost seg med en slik utfordring men jeg tvilte på at de ville kunne gjøre noe til og fra for de åndene de fjernet var ikke så gamle. Gyda kunne kommet fra en annen planet hva tankegods og tro gjaldt. Deres metoder ville neppe være nok når flere prester hadde prøvd uten hell. Nei, jeg begynte å bli frustrert og øynene var som sand så jeg bestemte meg for å legge meg. Jeg reiste meg fra pulten og skulle skyve skrivebordslampa på plass men dytta til den heller vaklevorne bokhylla så flere bøker ramlet ned på golvet og jeg må nok innrømme at jeg bannet ganske så friskt. Jeg lente meg ned for å plukke opp den øverste boka og skvatt da jeg så hva slags bok det var. Det var en gammel bok om arkeologi som hadde stått der da vi tok over huset og den hadde fått bli for den var temmelig flott og sikkert verdt mye på et antikvariat. Jeg leste noen ord der og det var som om lynet brått slo ned i huet på meg, der var den, løsningen på problemet, rett foran øynene på meg!

Jeg formelig løp over til Hovi neste morgen, jeg rakk knapt få i meg frokosten og mor må ha trodd det brant et eller annet sted. Jeg var så an pusten da jeg fant Åsta at jeg ikke greide si noe på flere minutter og hun så ut som om hun trodde jeg hadde fått dilla eller noe. Jeg greide til slutt å stotre frem noen ord. "Jeg har funnet den, løsningen!"

Åsta knep øynene sammen."Tuller du?"

Jeg ristet på hodet. "Nei, jeg er sikker på at det vil virke, det er den eneste måten vi kan hjelpe henne på."

Åsta krysset armene foran brystet og så brått veldig handlekraftig ut. "Greit, spytt ut! Jeg vil vite alt om denne metoden du har funnet! "

Den kvelden gikk vi ned til kirkegården med en spade og en ganske stor tre eske vi hadde funnet i snekker verkstedet på gården, det hadde vært ammunisjon i den men det spilte ingen rolle nå. Det var innholdet som betydde noe. Vi hadde rotet gjennom alle de gamle tingene våre begge to og om det jeg hadde lest stemte burde det være mer enn nok til å få en virkning. Om noen så oss tenkte de vel at vi var gale men fort gjorde vi klart alt sammen. Gyda skulle få en gravskatt ingen prinsesse kunne ønsket større og jeg bare håpet at det virket. Ideen jeg hadde fått var enkel. I det gamle egypt hadde det vært vanlig lenge at man begravde standspersoner sammen med alle tjenerne deres og masse dyr og mat og slikt men så ble det dyrt i lengden så man gikk over til å lage dukker som forestilte folk i stedet og de skulle da bli levende på den andre siden og tjene den avdøde i evigheten. Jeg vet ikke om det gjaldt for en person fra den nordiske del av verden men det var forsøket verdt.

Vi hadde funnet de gamle dokkene våre og satt enkle kjoler på dem og klippet håret deres siden Åsta hadde lest at treller hadde kort hår. Jeg hadde ranet broderen litt, han hadde et slikt spillbrett med masse fine brikker og det var både krigere og en stor krukke med gull. Om han ikke fant igjen noe kunne vi skylde på flyttinga. Åsta hadde hatt en slik diger lekegård med livaktige plastdyr av ulike slag og de gikk i kassa også, hele fjorten kyr og en masse sauer og okser og geiter og til og med hunder og et par katter. Jeg hadde hatt et barbie kjøkken sett og la ved alle grytene og kjelene og et dukke service også og noen duker og slikt. Alle Barbiesmykkene og en haug med klær ble lagt nedi der. Åsta hadde en gedigen brudekjole for en dukke hun hadde hatt, hvit og lang med perler og juksediamanter og slikt. For en jente fra elleve hundretallet måtte den være som en drøm. Det var et slør med og en diger tiara med dingeldangel og glitter og vi la ved et sminkeskrin med billig sminke fra Nille også. Jeg hadde hatt en periode da jeg lekte mye med dokker og hadde to Barbie hester som hadde samlet støv i mange år. Nå hadde jeg satt på det beste seletøyet på dem og malt over det med sølvtusj så det virkelig skinte og jeg la også ved en vogn som passet til dem og masse seletøy. Åsta gliste litt uskikkelig da hun la ved en Ken dukke også, det kunne jo hende at Åsta savnet forloveden på mer enn en måte som hun sa og jeg mente at Ken i så fall manglet et og hint for å være helt tilfredsstillende men hun blåste bare av meg og mente at han nok ble komplett i det hinsidige. Da vi var ferdige var kassa helt fullstappet og Åsta lo og mente at Gyda ville møte forfedrene som en dronning med en hel hær tjenere og krigere og masse dyr også. Ingen ville blitt begravd med så masse ting på den tida.

Vi grov ned kassa så dypt vi greide ved steinen og passet nøye på å legge torva over igjen så ingen så at det var gravd der. Så satte vi oss ved busken og ventet som sist. Jeg må si at det kriblet temmelig hardt i magen der jeg satt, tenk om det virket? Da ble vel gjenferdet på Hovi borte men en sjel fant i det minste fred. Jeg bet tennene sammen og ventet og Åsta var like spent som meg.

Det gikk lenge før noe som helst skjedde, jeg begynte å tro at hun ikke ville vise seg den kvelden men så kom kulden og tåkedotten dukket opp. Hun var som sist, bøyd og fortvilet og vandret rundt steinen men da hun kom til fremsida stanset hun brått, så ned der vi hadde gravd og sakte ble hun utydelig, som om hun forsvant ned i bakken. Jeg og Åsta holdt pusten begge to, vi holdt hverandre i hendene så hardt at det gjorde vondt. Brått ble hun synlig igjen, og jeg kunne hylt av lettelse. På seg hadde hun dukkekjolen og selv om den så litt latterlig ut var den sikkert det vakreste hun hadde sett. Slikt stoff fantes neppe på hennes tid. Hun hadde tiaraen og sløret på og ansiktet strålte formelig av en lettelse og glede som kjentes som noe fysisk for oss begge to. Bak henne skimtet vi de to skamklipte Barbiene som nå var som ordentlige mennesker og de bøyde seg ydmykt for sin herskerinne. Det var sauer og kyr og andre dyr der og broderns tinnsoldater var blitt virkelige krigere. Ken sto der også, han ville gjort mang en filmstjerne anonym i sammenligning og ved siden av henne sto de to hestene jeg hadde gitt med ekte sølv på seletøyet og det var tydelig at ideen jeg hadde fått fra ushabti dukkene fra Egypt hadde virket. Alt hadde blitt virkelig for henne.

Gjenferdet strakte hendene frem foran seg, jeg er ikke sikker men jeg kan banne på at jeg så gledestårer på kinnene hennes og jeg følte meg merkelig ydmyk. Jeg hadde virkelig gjort noe godt, noe helt uselvisk. Følelsen var merkelig god, og trygg på et vis. Hun ble utydelig og det samme ble alt det andre og det ble stille der. Kulden var borte og jeg merket at tomheten og fortvilelsen jeg hadde følt der var helt borte. I stedet var det fred der nå, og en følelse av takknemlighet. Åsta måtte tørke tårene. "Du hadde rett, det er helt fantastisk. Vi gav henne fred!"Jeg nikket sakte. "Ja, nå hviler hun som hun skulle."

Vi ble enige om å ikke si noe om dette til noen og det løftet holdt vi faktisk. Vi hadde delt noe som var så utrolig at vi liksom ikke så det som passende å slippe andre inn i opplevelsen vi delte. Vi snakket faktisk lite om det for vi trengte liksom ikke nevne det, det var på et merkelig vis unnagjort, det var ikke mer å si eller gjøre ved det.

Det gikk noen måneder før noen la merke til at noe manglet der, ingen så gjenferdet og først ble det ikke egentlig lagt noen vekt på det for det hadde hendt før at hun uteble en stund. Så gikk det nesten et helt år og nå forsto man at hun var borte. Jeg og Åsta satt og drakk te hos Hjørdis en sommerkveld et år senere, da hadde ingen sett henne siden den kvelden og Hjørdis sukket lavt.

"Rart at Gyda ikke har vist seg nå, skal se at hun endelig har funnet fred arme sjel. Det var ikke for tidlig i så fall. "

Jeg og Åsta smilte til hverandre i skjul, vi fikk fremdeles den gode varme følelsen når vi tenkte på den kvelden og vi visste også at Hjørdis hadde rett. Endelig hadde gjenferdet på Hovi blitt stedt til hvile etter århundrer med lidelse og fortvilelse og vi hadde vært dem som greide å få det til. Var det rart at vi delte denne følelsen av ydmykhet og stolthet?

Gamle Geronimo

Om sommeren hendte det ofte at jeg og Åsta bare tok hestene våre og red litt rundt i bygda. Siden jeg var ny der var det alltid morsomt å se seg rundt og Åsta fortalte villig om stedet. En av favoritt rundene våre var å ri nedover til elva og følge den ned til der dalen sluttet og så følge veien opp igjen. Det var litt kronglete terreng men fin trening og veldig pent. Vel foreningen hadde lagd en god sti nedover der og når været var fint kunne en faktisk bade i elva om en var tøff. Halv veis nede ved fossen var det et lite småbruk, velholdt og pent og Åsta kjente han som bodde der. Det var en eldre kar som hadde jobbet på Hovi før. Han hadde stelt hestene der og kjørt tømmer for dem om vinteren og han bodde der alene. Åsta fortalte at han kunne en hel masse om hester og at han hadde haugevis med historier om ting som hadde skjedd i bygda. En dag vi var ute å red så vi at det var noen i hagen der og Åsta stanset Cheri og vinket. Mannen vinket tilbake og kom bort til oss. Jeg trodde at han måtte være kjempegammel og han var nok nesten like gammel som besteforeldrene til Åsta men så mye yngre ut.

Åsta smilte og hoppet av Cheri så jeg gikk av Pontus også og Åsta lot Cheri beite på åkeren. Hestene gikk aldri langt om vi slapp dem, de var greie slik. "Hei Ole, hvordan står det til?" Ole gliste og klødde seg i hodet, jeg så at han var nesten skallet og temmelig tynn men det var en slik magerhet som kjennetegner de senesterke. Jeg var temmelig sikker på at Ole fremdeles var en svært dugelig arbeidskar. "Joda vesla, kan ikke klage. Hvordan går det med Olav forresten? Hørte at han hadde et uhell?"

Åsta nikket, Olav hadde snublet på låven og slått kneet i en skarp kant på ei gammal slåmaskin som sto der, såret måtte sys og han hadde fått beskjed om å holde seg i ro i et par uker. Det var ikke særlig morsomt for Åstas bestefar var som regel både høyt og lavt selv om han var pensjonist aldri så mye. "Det går fint, det gror som bare det, men han sitter jo og surmuler da, bestemor mener at han snart går henne på nervene!" Ole gliste litt og klappet henne på skulderen. "Ja det forundrer meg ikke. Husker i 77 da han brakk overarmen, hadde ikke gamle distriktslege Pedersen satt på ham en blytung gips og festa den til brystet på ham med bandasjetape så hadde han vel vært i skogen igjen dagen etter!»

Åsta lo og Ole pekte mot huset. "Jeg har forresten det bildet du spurte etter, jeg fant det omsider men det tok litt leting. Denna gamle kroken er et rotehue he he"

Åsta lyste opp og jeg husket at hun hadde fortalt meg om det, Ole hadde noen gamle bilder av gården som hun gjerne skulle ha kopiert. Vi fulgte etter Ole inn i huset og jeg så at det faktisk var veldig ryddig der inne, og veldig koselig også. Det var ikke særlig moderne for møblene og alt var gamle men det var velholdt og det hadde liksom sjel. Det hang gamle bilder på veggene og jeg ble stående å se på dem, de viste livet i bygda før i tida og jeg forsto at Ole selv hadde tatt mange av dem. Han måtte være en amatør fotograf. Midt på ene veggen hang det derimot noe annet som tok min oppmerksomhet. Det var en hestesko og det i en størrelse jeg aldri hadde sett maken til, det var rene skjære kum lokket. Jeg pekte på skoen. "Hvor kommer den der fra?"*

Ole snudde seg og så hva jeg pekte på, han smilte litt vemodig. "Det der er en av skoene til en hest de hadde på Nedre Burud, gamle Geronimo kalte vi ham."

Åsta nikket. "Tror jeg har hørt om den, den var svær var den ikke?"

Ole nikket sindig. "Ja gjett. Den kom hit med tyskerne i 42, ingen vet hvor den egentlig kom fra og hva slags rase den var av men antagelig var det nok en god porsjon belgier i den, og kanskje litt shire"

Han gikk bort til et skatoll og gav seg til å rote litt i det, trakk ut noen skuffer og bladde gjennom bunker med gamle bilder. Til slutt fant han hva han var ute etter og trakk ut et foto fra en ganske falmet bunke med gamle bilder. Det var stort og det viste tre karer som sto foran ei tømmervelte og ved siden av dem sto den største hesten jeg noen gang har sett. Jeg er sikker på at den måtte være minst en meter og nitti til manken.

Ole sukket og klappet liksom bildet. "Vi kalte ham Geronimo, aner ikke hvorfor for jeg har aldri møtt et mindre krigersk dyr men slik ble det nå av en eller annen grunn. Fabelaktig arbeidshest som ikke var redd for noe, gikk på uansett."

Åsta rynket pannen. "Løp den ikke ut en gang?"

Ole knep øynene sammen, virket for å tenke hardt. "Jo, for så vidt. Den hadde en eneste særhet skjønner dere, den var livredd lyden av skipsfløyter så antagelig hadde den vært skipet nordover og hatt en utrivelig tur. Var visst en eller annen besøkende her i bygda som hadde tatt med en gammel sirene og prøvde den. Det tålte Geronimo'n ikke nei."

Jeg kikket nøyere på bildet. "Er det du som står der?"

Ole nikket litt stolt. "Det er det, bildet var tatt i 55 om jeg ikke husker feil, var ennå litt av en arbeidskar da ser dere jenter. Kunne jobbe dagen lang og enda ha energi til en svingom på låven når kvelden kom"

Åsta fniste og jeg så opp på skoen igjen. "Da var vel hesten gammel?"

Ole nikket. "Ingen vet hvor gammal Geronimo var da han kom hit, antagelig en åtte ti år tenker jeg. Han levde helt til høsten 67 så han ble virkelig opp i åra."

Åsta tenkte seg fort om. "Det er ganske mange år det!"

Ole nikket sindig. "Det er det, men han var en frisk og sunn hest hele livet. Jobbet helt til sommeren det året, var utrolig god å ha foran rad renseren. Han tråkka aldri på plantene og du kunne spenne for og sette ham i gang så gjorde han jobben for deg."

Ole rista sakte på hodet og la fra seg bildet på bordet. "Jeg husker ennå dagen da han ble borte, han hadde fått et spark i hasen på ene bakbeinet av en av unghesta på Bergstad, det var ikke brudd men det ble en stygg hevelse og så gikk det betennelse i det. De prøvde jo å gjøre alt de kunne men til slutt så måtte de bare innse at det ikke nyttet. Han hadde det ikke godt."

Åsta så litt trist ut og Ole hadde et melankolsk uttrykk i øynene. "Var ingen hjemme da slakteren kom for å avlive ham, ingen orka. Og slakteren var en kar fra byen nedi her, bygdas egen greide ikke sette ei kule i Geronimo, han var liksom en helt for bygda her."

Jeg ble nysgjerrig. "Helt?"

Ole nikka igjen og smilte litt skjevt. "Åh ja, en helt var han. Hadde det ikke vært for ham så hadde nok både Rudi og Nedre Bergstad brent ned, og mye av skogen rundt her også. Hele bygda kunne faktisk gått med hadde det gått riktig ille!"

"Nei? Hvordan da?" Jeg ble virkelig ivrig på å få vite mer om hva som hadde skjedd og Ole satte seg ned på en stol og tok frem ei gammal pipe, stappet den med vante bevegelser.

"Jo jenter, det var sommeren i 60 om jeg ikke husker aldeles feil. Skrekkelig varmt det året og det hadde ikke regna på nesten en og en halv måned. Var krise ser dere, ikke vann til avlingene og nesten ikke vann til dyra heller. Folk begynte å bli litt fortvila."

Han pekte på et bilde på veggen og Åsta plukket det ned, det var et luftfoto av bygda, tatt fra ganske stor høyde. "Jeg vet ikke om dere har sett det, men det gikk ei lita bi elv til Brunelva ned forbi Rudi og Nedre Bergstad. Den gikk liksom i en vid bue rundt de to gårdene."

Åsta nikket ivrig. "Bestefar fortalte om den, den grov så stygt i vårløsinga så de bygde dammen ovenfor Svartalm for å redde jorda"

Ole klappet henne på hodet. "Godt hode på deg jente, det stemmer. Det var i 35, før mi tid men far min var med på å bygge dammen. De gjorde et grundig arbeide, bygde hele greia i betong og lagde en stor sluseport så de kunne tappe dammen om det trengtes. Elveløpet ble rettet ut og lagt i rør, det synes snaut i våre dager."

Åsta rynket pannen og pekte på bildet. "Det er liksom et søkk der, jeg har sett det. Og om våren blir det grønt der tidlig."

Ole tok opp bildet og lot fingeren følge et imaginært spor over det."Stemmer det vesla. I 70 bygde de en ny demning lengre ned og dammen ble en liten sjø. Gamle dammen ligger under vann der nå, men en kan se den om en ror over med båt."

Han pekte på sjøen som var synlig på bildet, nesten øverst i bygda. "Flaten nede ved Rudi og Nedre Bergstad er jo som dere vet flat som ei pannekake, og jordene rundt var stort sett brukt til korn produksjon da som nå. Beste jorda i bygda vet dere. Og skogen lå tett rundt dem på den tida, var mye beitemark da og det som er boligfelt nå var bare småskog den gangen."

Åsta lente seg litt forover. "Var det skog langs Brunelva også da?"

Ole nikket. "Det var det, tjukk krattskog. Var ingen som gikk turer nedover langs elva den gangen vet dere, folk trimmet ved å jobbe før i tida."

Han gliste litt og snudde bildet igjen. "Den sommeren var det bygg på alle jordene, helt fra nedre jordet ovafor fossen og helt opp til Øvre Bergstad. Gras dyrket de på de noe dårligere jordene lengre opp."

Han snudde bildet tilbake og viste oss. "Ser dere? Var fem gårder nede på og langs flata den gangen og mange utløer og låver også. Og enda flere gårder og hus lengre opp i dalsida. Og den sommeren var hele dalen rene skjære knusk tønna. Har aldri vært så ille verken før eller senere så vidt jeg vet."

Åsta rynket pannen og satte litt trutmunn. "Bestemor fortalte at det var et bryllup den sommeren, og at de ikke hadde vann til oppvasken etterpå. De måtte kjøre vann fra hoveddalen nedi her!"

Ole lo lunt. "Ja det husker jeg fordundre meg, det var sønnen til gartner Olsen og den søte frøken Gundersen som ble smidd sammen. Noen spøkte med at de skulle hatt Jesus sjøl til stede, så kunne han ha gjort om igjen mirakelet i Kanaan og forvandla vin til vann. Var langt mer bruk for vin enn vann gitt."

Åsta måtte le og jeg fniste litt også. "Så hva skjedde?"

Ole ble alvorlig igjen. "Jo jenter, det skal jeg fortelle dere. Det var i august og jeg var med å jobba på Rudi, de skulle sette opp en ny låve for den gamle hadde rast sammen vinteren før, var så mye snø ser dere. Jeg havna midt oppi det kan dere si."

Han pekte på bildet. "Vi hadde hatt en liten pause og spist dugurd og jeg vet at jeg holdt på med å kløve et par stokker som skulle bli bærebjelker. Det blåste litt stritt den dagen, slik varm vind som kommer fra alle kanter. Husker at ene budeia var mektig forbanna for vinden hadde tatt med seg et par renvaska gardiner og fylt dem med støv."

Åsta bikket på hodet og Ole fortsatte. "Jeg vet ikke hvem som oppdaga det først men brått hørte vi at noen ropte, da var det allerede full fyr i krattskogen langsmed fallet."

Jeg så på kartet. Fallet var det området der dalen her liksom var kuttet av og stupte bratt ned i hoveddalføret. Det var der Brunfossen var, og bratta som var så festlig å kjøre ned på glatt føre. Åsta så litt forbauset ut. "Var da vel ingen som bodde der den gangen? Hvordan kunne det begynne å brenne da?"

Ole pekte på bildet, det var gammelt og bygda så ganske annerledes ut nå. "Det var et utkikkspunkt ovafor fossen den gangen, En slags liten platting en eller annen hadde lagd siden de håpet at det skulle komme turister opp til dalen her. Dere vet, breen innerst i dalføret var ganske flott å se på tilbake på tjue tallet og enhver mulighet til å skrape inn noen slanter måtte utnyttes."

Åsta og jeg slo nesten hodene sammen da vi lente oss over bordet. Åsta satte fingeren på fossen. "Der, jeg ser den!"

Jeg så det også etter litt, en ørliten firkant nesten ikke synlig under trekronene, vinkelen bildet var tatt i gjorde at den nesten ble borte. "Brannen begynte ved plattingen fant de ut senere, antagelig hadde noen stått og nytt utsikten og kastet fra seg en sigarettstump eller noe slikt. Og så tørt som det var så gikk det langt fra bra."

Åsta så spent ut. "Og hva gjorde dere da?"

Ole skar en grimase. "Jeg vil jo ikke innrømme det men noen fikk jo hetta naturlig nok, var også noen som ikke trodde det var så farlig. Men det skjønte vi jo fort at det var!"

Jeg så på bildet, skjønte godt at det kunne være farlig. Ole fortsatte. "Brannen spredte seg langs åkerkanten oppover mot veien, så tok vinden tak og det begynte å brenne i åkeren. Det var da vi virkelig skjønte at detta gikk filleveien om vi ikke gjorde noe raskt."

Han så tankefull ut, lot minnene bære seg tilbake til den dagen for så mange år siden og han så det for seg mens han fortalte. Åkeren brant, kornet var tørt som høy nesten og ilden åt seg fort fremover, oppover dalen i retning bebyggelsen. Den spredte seg utover til sidene også, som om den ønsket å fortære absolutt alt. "Noen karer hadde vett, de spente for arbeidshestene og det de fant av ploger og harver, prøvde å pløye opp en branngate på tvers av dalen her, litt nedenfor der elva gikk. Men det gikk sakte. Alt for sakte!"

Åsta så veldig spent ut nå, hun nesten hoppet der hun sto. "Og så, hva skjedde?"

Ole la fra seg pipa igjen, han smilte litt vemodig. "Et glupt hode kom på dammen, om vi stengte for innløpet til rørledninga nedenfor dammen ville vannet gå tilbake til det gamle løpet og oversvømme åkrene, Det var eneste sjansen til å berge gårdene og resten av avlingene."

Han stirret på bildet, lot tiden fly tilbake mens han formelig kjente lukta av røyk og hørte ropene fra folk som prøvde å redde det som reddes kunne før ilden kanskje nådde hus og hjem. "Gårdskaren på Bergstad kom løpende med ei gammal brannsprøyte og de begynte å pumpe vann fra gårdsdammen på husene på Rudi, om galt skulle skje var det den første gården som kunne gå. Han hadde ridd ned på gamle Geronimo og gampen var selet på, han hadde hyppet poteter da brannen brøt ut. Jeg husker at vi var en god gjeng med karer som løp opp mot dammen, noen bar med seg noen lengder presenning for å stenge innløpet og andre bar med seg staur og spett for å bryte opp sluseporten."

Ole ristet på hodet. "Du kan tro vi løp, og vi var unge og spreke så vi brukte ikke lang tid opp dit heller. De skulle ha tatt tida på oss, tror vi brøt et par rekorder."

Han pekte på et punkt på kartet. "Der lå det ei tømmerlunne, en av karene trakk med seg Geronimo for han mente at vi kanskje trengte å bruke noen stokker til å stenge av avløpet med og ikke bare presenning."

Han la fingeren over dammen. "Da vi kom opp til dammen oppdaga vi at sluseporten var låst. Noen hadde hengt på ei solid hengelås på den, var vel på grunn av noen småramp av noen guttunger som hadde sluppet ut vann i vårløsinga noen år før, hadde blitt en del skader. En av karene hadde en tang og fikk ødelagt låsen men da var det at det virkelige problemet kom for dagen."

Åsta bet seg i underleppa. "Og det var?"

Ole sukket. "De var ikke ingeniører noen av de som bygde dammen den gangen, sluseporten var i stål og måtte trekkes rett opp, den gikk i et spor som også var av metall men i bunnen og på sidene av sporet var det satt inn ei treskinne bare for å få god tetning. Det ingen hadde tenkt på var at treverk utvider seg når det har vært vått ei stund og vannstanden hadde vært uvanlig høy den våren så dammen var egentlig overfylt. Det var vann helt opp til kanten av sluseporten og den lot seg ikke rikke. Jeg husker det som om det var i går, fem seks karer gikk løs på den, trakk og dro og brøt med spett og det de hadde for handa men nei. Den var ikke å rikke på uansett hvordan de bar seg ad. En av karene foreslo dynamitt men ingen hadde

dynamitt tilgjengelig og det kunne kanskje dreie seg om ti minutter før ilden nådde første bygningen."
Jeg så spørrende på Ole. "Var det da Geronimo ble en helt?"
Ole nikket sindig og klappet på bildet. "Det var det, en av karene foreslo å spenne gampen til håndtaket på sluseporten. Det gikk en grov trestokk på tvers av damtoppen og om en festet kjettinger i håndtaket, la den over stokken og ned til hesten så kunne det være at den kunne løsne porten. "
Åsta hadde skinnende øyne og var helt med i fortellingen. "Og det gikk?"
Ole bikket på hodet. "Hu nei, ikke med en gang nei. Vi fant noen grove kjettinger og fikk spent dem fast til håndtaket og til seletøyet på et vis, og Geronimo skjønte jo jobben må vite, men det var lettere sagt enn gjort å få løs den sluseporten."
Han sukket og lukket øynene et øyeblikk. Han så det for seg igjen. "Geronimo sto jo i det som var bekkeløpet, litt vann slapp jo ut over overslagsrenna men det var kun en siklebekk nå siden det var så tørt. Jeg husker at gampen la seg på, trakk så det knaket i kjettinger og seletøy."
Ole så det igjen, den enorme hestekroppen som trakk av alle krefter der nede i bekkeløpet. Enorme hover grov seg ned i grusen, muskler som stålkveiler spente seg til bristepunktet, neseborene lyste blodrøde mens den store arbeidshesten pesende presset seg til grensen for hva den klarte og hinsides det også. "Geronimo lå nesten fremover til slutt og vi ventet bare på at kjettingene skulle ryke tvers av, men de holdt merkelig nok. De var nye av året og snaut brukt og smeden som lagde dem var god. Jeg husker at lårene på gampen rent dirret, hele kroppen på ham skalv og beina grov seg ned i grusen så det rent sprutet rundt øra på oss. Og ingen trengte jage på ham nei, gamle Geronimo gutten skjønte hva det sto om."
Ole så smalt på oss. "En god gamp vil ikke gi seg noen gang, de kan sprenge seg om en ikke sørger for å stanse dem. Så

sterk er viljen til å glede folk, til å gjøre jobben sin.. Husk det jenter!"

Han smilte igjen. "Seletøyet lå som pianostrenger, så hardt trakk han at selen etterpå var flere nummer for stor, han hadde strukket den helt ut av form så læret måtte bare skjæres til på nytt og brukes til noe annet."

Øynene ble fjerne mens han lot minnene flyte gjennom seg. "Vi trodde det var håpløst, porten sto bom fast men da gjorde gampen noe merkelig. Han rygga et par steg så kjettingene ble slakke, så gikk han søren meg opp på to og hev seg forover. Det var mer enn et tonn i bevegelse det jenter. Og jeg skal si det smalt i kjettingene, vi kara stupte i dekning kan dere si, ville jo ikke bli truffet om det kom flygende stumper av dem om de røk."

"Og da løsnet porten? "Åsta var åndeløs.

Ole nikket stille. "Etter at gampen gjorde det flere ganger ja, da var han våt av svette og greide nesten ikke stå men vi hørte liksom et slags metallisk svupp, og så begynte porten å sige opp. Jeg skal si det låt, jævligste lyden jeg har hørt, metall som ble revet i filler og det skar i øra!"

Vi så bare på ham. Ole lot som om han holdt for øra. "Og dammen ja, den fant et nytt utløp rimelig fort. Jeg husker at Geronimo sto der, midt i strømmen. Han fløtta seg ikke før vannet nådde ham til midt opp på buken. Da husker jeg at han liksom rista på seg og prusta og så tok han et par steg til sida og hoppa opp på grasmarka. Var bare så vidt han greide stå så sliten var han men så stolt. Skulle egentlig ikke vært mulig å få slitt løs den porten vet dere jenter, men han greide det allikevel. Skulle likt å vite hvor mye kraft den hesten brukte den dagen, det var ikke lite, nei det kan jeg love dere. Vi kara fikk løsna kjettingene og så lunta han liksom nedover mot dalen igjen, helt rolig. Han hadde gjort jobben sa da var det ikke mer å snakke om."

"Og vannet gjorde det det skulle?" Jeg holdt pusten nesten.

Ole pekte på bildet. "Å joda, det gjorde det. Siden elveløpet var fylt igjen rant alt utover alle steder nesten. Gårdsplassen på Rudi og Nedre Bergstad svømte nesten og på Ødegård tok det med seg en utedo og flere vedstabler. Det var voldsomt med vann på en gang og det kom fort også. Joda, åkrene ble så fine å våte atte. Ilden kom ikke lengre og døde jo ut etter at vi angrep den fra flankene med våte ulltepper og to vogner med vanntønner på. Det tok halve dagen men det eneste som gikk tapt var femti mål med bygg og lin åkeren til kona på Rudi. Skal si hu var forbanna for det."

Åsta skar en grimase. "Har hørt om henne tror jeg, hu var stri?"

Ole gliste bredt og avslørte at han faktisk hadde alle tennene sine ennå. "Stri ja, iltrere enn ei sugge med ti sultne unger. Var jo et helsikke å høste byggen på de jordene den høsten, lå et tjukt lag med jord og gjørme på bakken der og det var så sølete at de måtte bruke hester til å trekke treskeren. Traktorene greide ikke komme av flekken."

Jeg så nysgjerrig på ham. "Og Geronimo?"

Ole hadde noe nesten høytidelig i blikket. "Etter den dra jobben var gampen så støl og sår etter selen at han ikke greide gjøre stort arbeide på flere måneder. Men fornærma til gangs det ble han jo om de brukte en annen hest så de fikk guttungen til poståpneren til å kjøre melkespann ned til rampa i hoveddalføret med ham, da hadde gampen liksom en jobb og det var ikke så veldig tungt heller siden det var nedoverbakke med lassene og tom vogn opp igjen. Og jeg skal si at han fikk spesial forpleining den høsten, tror den gampen fikk ekstra godbiter av hver en sjel i bygda ved enhver gitt anledning. Han var feit som en julegris husker jeg."

Åsta nikket og tok bildet hun skulle kopiere. "Fikk du den skoen av eieren hans?"

Ole sukket sørgmodig. "Ja det gjorde jeg, som et minne. Jeg kjørte mye tømmer med den gampen, flere tusen kubikk trakk han ut av skogene her. Ja de begravde ham faktisk på gården, rett på nedsida av den digre eika på øvre hamninga. Vanligvis ble jo skrotten brukt til noe men ikke Geronimo nei. De fikk Olsen til å grave ham ned med bulldoseren. Og det var nesten så hele bygda flagget halv stang den dagen. Det forundrer meg nesten at Hans ikke ba presten komme og forrette. "

Åsta sukket. "Det var trist at det gikk slik til slutt. Takk for fortellingen, nå får vi skynde oss hjem igjen før de begynner å lure på hvor vi har blitt av."

Ole bare smilte vennlig. "Bare trivelig vet du vesla, hils bestefaren din du og be han huske på at han ikke er noen ungfole lenger."

Åsta fniste. "Det skal godt gjøres tror jeg, han går jo nesten på veggen når han må være inne hele dagen! "

Jeg kastet et siste blikk på skoen i det vi gikk ut av huset. Det var merkelig å vite hvem som hadde brukt den, men det var en flott historie, og jeg hadde jo lært noe nytt også. Noe mer av historien til bygda. Da jeg kom hjem igjen den ettermiddagen fortalte jeg den til far også og han var like imponert som jeg. Han mente at hesten måtte ha trukket med en kraft på over ti tonn for å slite løs porten slik, alt vannet i dammen presset jo mot den og så var den attpåtil klemt fast av det trutnede treverket. Jeg bestemte meg i hvert fall for at Åsta skulle få kopiere det bildet av Geronimo. Om jeg trengte et eksempel på en hverdagshelt noen gang ville det være et veldig godt eksempel.

Mysteriet på Ødegård

Han Nils på Ødegård øverst i bygda var en riktig så trivelig kar, han drev egentlig med gris men hadde også noen hester slik mest som hobby og brukte ene i de lokale travløpene hver fredag. Ikke at Ødegards Svarten vant noe som helst men det var moro og så var det sosialt da. Og han Nils likte så godt å kunne titulere seg selv som "travtrener" når han var i lystige lag og hadde fått et par innafor vesten.

Ene hesten han Nils hadde var merra Donna, hu var diger og borket og veldig pen og snill men litt egen til tider. Han Nils pleide alltid å si at Donna var dama si det som visste hva hu ville. Når han brukte henne til å dra ut tømmer i skogen var det hun som bestemte når matpausene skulle være. Hu nekta plent å flytte på seg før hu var ferdig med maten og Nils avfant seg med det. For makan til arbeidshest fantes ikke mente han, hu kunne gjort jobben sjøl om hu hadde kunnet bruke saga og brytjernet.

Så en morra ut på vårparten kommer kjerringa hans Nils inn, hu heter Marte og er av det slaget som er høyt og lavt hele tida, en energi bombe kan en vel kalle det. Hu lemper en bøtte poteter opp på kjøkkenbenken og ser litt skrått bort på sin kjære husbond som for øyeblikket er totalt oppslukt i landbrukstidende. "Du Gubbe?"

Nils ser opp fra artikkelen om Noroc versus Landsvin og prøver å samle seg så han kan følge med på hva det er a Marte sier, hu pleier nemlig aldri å gjenta seg selv. "Ja, er det noe?"

Marte trekker på skuldra. "Je syns a Donna har blitt litt vel feit nå denna vinteren, du må da ha sett det?"

Nils klør seg under skjorta. "Jaaa, joo, hu har jo det. Er han Simen som har gitt a for mye for, han er alt for snill når han steller!"

Simen var den gutten som hjalp til med stellet på gården når Nils jobba utafor, det hendte at han hjalp til nede på sagbruket og de kronene det trakk inn var svært kjærkomne. Og han Simen han jobba gjerne for luselønn så lenge han fikk attest på at han hadde jobba i grisehuset for han ville videre til veterinærhøyskolen når han ble gammal nok.

Marte måtte skjule et glis. Det var nok ikke bare Simen som var litt vel gavmild med foret der i huset, han Nils var også glad i å gi hesta en liten ekstra godbit slik dann og vann, temmelig ofte når sant skulle sies. Svarten var også temmelig rundt og god og de andre kara humret litt i skjegget og spøkte når han møtte opp på bana på fredagskveldene. "Jasså Nils, har du selt på julegrisen?" Eller "E du sikker på at itte sælan ryker nå da? Ser litt liten ut!"

Nils bare fordypet seg i artikkelen igjen og Marte begynte å vaske poteter. Hestene var uansett Nils sitt eget ansvar og ikke noe hun hadde noe med men hun syntes virkelig at Donna hadde est ut litt betenkelig mye. Var det ikke noe med at fete hester kunne bli forfangne?

Et par uker senere så klarte Svarten å sette fast ene foten i et gjerde og fikk et sår dyrlegen måtte sy. Dyrlege Karlsen var en veldig sindig kar som var høyt ansett i bygda, de fleste drev med dyr og en dyrlege som virkelig forsto seg på landbruk og var flink med dyra uten å ta seg alt for mye betalt var verdifull. Karlsen gjorde seg ferdig med jobben. Svarten var så rolig at han ikke engang trengte å bedøve gampen, det holdt at Nils holdt beinet så kunne Karlsen sy alt han ønsket uten at Svarten så mye som rørte en muskel. Han retta seg opp og nikket i retning Donna som sto og skrapte i boksen, ivrig etter å få litt oppmerksomhet. "Jaha Nils, når er det at den dama har termin?"

Nils bare gliste. "Termin? Nei nå får du gi deg Karlsen, hu er bare feit, itte drektig."

Karlsen rynket pannen. "Jasså, det var rart, jeg syns da så sannelig at hun ser drektig ut?"

Karlsen rusler bort til boksen til Donna og klør merra under haka. Han peker opp mellom bakbeina på Donna og Nils bøyer seg og ser og blir litt rar i fjeset. "Hun har tydelig jur ser du, tror ikke at hun har stort mer enn ei uke igjen om det holder så lenge!"

Nils retter seg opp og ser lamslått ut. "Jammen, hvordan har det gått for seg? Hu har da itte vært hos noen hingst?"

Karlsen humrer lavt for seg selv. "Ikke det? Nei da er det vel den hellige ånd som har vært på ferde igjen da tenker jeg."

Nils bare står der og klør seg i hodet og skjønner absolutt ingen ting. Skal Donna ha føll? Nå står ikke verden til Sankt Hans. Karlsen reiser videre og Nils skjønner jo at et eller annet må gjøres, fort ordner han i stand den tomme store boksen de har flissekker i og setter a Donna i den. Hu blir litt fornærma men blidgjøres av et halvt kilo med gulerøtter kjøpmannen prakka på han Nils sist han var på samvirkelaget. De var ligget for lenge og blitt litt slappe men det bryr ikke a Donna seg om. A Marte var like forbauset over nyheten som han Nils men når dyrlegen sa det og merra hadde satt jur var det jo ikke noe spørsmål lenger. Spørsmålet var hvem som var faren?

Fire dager senere kommer Nils i stallen om morgenen og blir møtt av ei uhyre stolt Donna som står der med et beksvart lite føll ved sida, en riktig liten sjarmør med lange pipestilker av noen bein og ustø gange. Nils smelta sporenstreks og det gjorde Maren også. Mirakelet ble høytidelig døpt Ødegårds Mystery og en rask sjekk bekreftet at det var ei lita hoppe. Men avstamninga var og ble et stort spørsmål. Det måtte ha skjedd på sommeren året før men når? Og ikke minst hvem? Det var hingster i bygda, på flere av gårdene så det var jo flere potensielle kandidater, Nils kunne bare ikke fatte når det hadde skjedd. Det hadde da aldri vært fremmed hest på gården.

Mystery vokste hun og ble særdeles pen, en lettlemmet og elegant lita merr som så avgjort hadde en stor dose varmblods i seg. Og varmblodshester var det snaut der i bygda. Nils var mer som forelsket i folungen og brukte mye tid på å trene henne og snart ble det klart at det var rimelig mange som svært gjerne ville kjøpe henne av ham. Han sendte mor og føll på beite i øvre hamninga slik han hadde for vane å gjøre på sommeren. Donna trengtes ikke i gårdsdrifta da og hadde ferie og Nils var oppom å sjekket til dem hver dag.

Da høsten kom ble Mystery solgt til dattera på Øvre Rudi som ville trene henne til å bli en god ridehest og Nils visste at der kom vesla til å få det veldig godt. De så ikke på stamtavle eller mangel på sådan der i gården, det som telte var gemyttet og evnene. Nils kjørte litt tømmer med Donna på vinteren og kjørte løp med Svarten og ting var tilbake til det normale. Helt til han begynte å merke at Donna ble litt drøy om livet igjen. Det kunne da vel ikke?

Karlsen kom en snartur og kunne fort bekrefte at joda, Donna var drektig atter en gang. Men hvordan i alle dager kunne det ha gått for seg? Nils begynte å tenke logisk, det måtte ha skjedd da hun gikk i hamninga, andre muligheter var det ikke. Så den som var gravøren måtte ha hoppa inn over gjerdene. Det var en høy skigard rundt øvre hamninga og han visste da ikke om noen hingst der i bygda som kunne hoppe? Det var travhester alt i hopa.

Det gjentok seg på nytt, en vakker ettermiddag da Nils var innom stallen var det ankommet enda et føll, en hingst denna gangen. Like beksvart som søstera og like pen å se på. Den fikk navnet Ødegårds Miracle og nå gikk snakket i bygda. Hvem var faren til Mystery og Miracle? For det var liten tvil om at de to var helsøsken. Det var virkelig blitt et realt mysterium dette.

Nils hadde nesten avfunnet seg med at svaret neppe ble funnet da han gjorde en oppdagelse en tidlig morgen på sommeren. Donna gikk i hamninga som året før med føllet sitt og Nils var oppe for å se til dem da han ble var spor i graset ovafor skigarden. Det kunne være en elg som hadde forstyrret morgenduggen men han sjekket for sikkerhets skyld og joda, det var hestespor. Nils forbannet seg på at denne gangen skulle han avsløre synderen og gav seg til å følge sporene. De gikk i ei vid bue langsmed hele dalen og svingte innover igjen helt nede ved sjøen. Der lå det et småbruk hvor de drev med sau og de hadde to døtre som drev med dressur ridning. Nils trasket ut av skogen rett ovenfor flere store fine paddocker og ser at det går minst fem hester der, store fine varmblodshester som hadde kommet til bygda med døtrene på gården tre år tidligere. Jentene hadde gått på skole ute ved kysten før det og det var bare sju år siden de som drev bruket kjøpte det. Mannen på gården het Geir og jobbet av og til på saga så Nils kjente ham godt, Geir sto og hogg opp noe ved for vinteren og Nils ruslet bort til ham. Geir tørket svetten og så litt forbauset på Nils, han hadde ikke hørt noen bil?

"Jasså, du driv å slit ser jeg?"

Nils legger an på å være høflig, Geir er fortsatt litt forbauset og legger fra seg øksa. "Jo, må jo det. Og hva skylder jeg æren av detta besøket? Du er da vel ikke til fots?!"

Nils gliser litt skjevt. "Jo, det er nettopp det jeg er ser du. Jeg har fulgt noen hestespor fra hamninga mi og hit."

Geir rynker pannen. "Hestespor? Hit?"

Nils nikker sindig. "Ja, hit, jeg trur at den som står for de to føllene te a Donna kom herfra!"

Geir gliser litt vantro. "Herfra? Nei nå får du gi deg! Vi har da ingen hingster! "

Nils ser seg rundt, hestene er rolige og går i innhegningene sine, tre røde, en brun og en skimmel. "Nja, spora kom herfra, det er ingen andre varmblods her i bygda med unntak av en varmblodstraver og det er ei merr, så den står neppe bak det farskapet for å si det slik"

Geir må humre. "Nei det skal godt gjøras da."

Nils sukker. "Så dere har ingen hingster, ingen svarte hester i det hele tatt?"

Geir ser litt oppgitt ut. "Svart hest joda, gamle ridehesten til a Line, men det er en vallak, og han er to og tredve år i vår."

Nils ser ivrig ut med ett. "Virkelig, hvor er den da? "

Geir peker bak huset. "Han går på grus for han eter på seg kolikk på gras, men det er for dumt, som sagt, han er vallak for farao."

Nils rusler bak huset og der står det ganske riktig en svær svart hest i en gruspaddock. Den står og henger og ser rimelig avslappet ut men det er et lite glimt i øynene på den som forteller ham at den nok har litt gnist allikevel. "Er dere sikre på at han er ordentlig skjært?"

Geir skyver skyggelua bakover og ser litt usikker ut. "Tja, jeg har jo egentlig ingen peiling på hest da, det er det jentene som har. Men de kjøpte ham som vallak og han er jo rolig og stø som grunnfjellet sjøl."

Nils har en mistanke og han klør seg i skjegget litt slik vitende. Innhegninga er lagd av tau med strømtråd innimellom og gampen ser sprek ut selv om den er gammel. "Det er en ridehest, dressur da eller?"

Geir nikker. "Det stemmer, han var vel spranghest i sine unge dager men skada seg så det ble dressur som ble karrieren kan en si. Nå er han pensjonist og nyter livet!"

Nils mumlet i skjegget. "Ja det får en si"

Han går inn i innhegninga og hesten ser rolig på ham, gjør ikke noe av at han inspiserer den nærmere. Etterpå tar Nils en runde rundt innhegningen og ganske riktig, på det laveste punktet ser han tydelige spor etter en hest som har tatt fraspark og hoppet. Og på andre siden av det enkle gjerdet er det flere spor.

"Denna kameraten deres har stukket av han, og hoppet tilbake på plass når jobben var gjort!"

Geir så lamslått ut. "Han har det med å stikke av til tider ja, men han kommer alltid tilbake, og han er jo vallak!"

Nils har et merkelig glis om munnen. "Nå nei, jeg tror dere har blitt lurt jeg. Karlsen kan sikkert bekrefte det. Jeg har en sterk mistanke om at denna karen her er en klapp-hingst."

Geir rynka pannen. "En hva for noe?"

Nils har tatt på seg kjenner minen nå, den som forteller alle at akkurat detta her, det har han greie på. "En klapp hingst, en hingst som bare har fått en stein ned i påsan. Den andre sitter igjen oppe i buken på den. De pleier å fjerne den siste steinen også på dem via en operasjon for de kan utvikle svulster og anna fanskap men det er ikke alltid at det lar seg gjøre. Og da må den bare bli sittende og i noen ytterst få tilfeller er faktisk gampen fruktbar med en stein i kroppen. "

Geir må rette på lua igjen. "Nei nå har jeg aldri… Så gamle gampen her har stukket av og faktisk bedekket merra di?"

Nils ser sindig på Geir. "Ser ikke verre ut nei, jeg tror jeg kan regne det mysteriet for løst jeg. Bare rart at ikke gampen har prøvd seg på flere hopper her i bygda, men det kan jo ha noe med smak å behag å gjøre også."

Geir ser litt nervøs ut. "Når du sier det så stemmer det vel, æh, blir det noe krav om noe erstatning eller noe?"

Nils klapper Geir beroligende på skuldra. "Så langt ifra, jeg har faktisk tjent på det tro det eller ei, Mystery er alt solgt og hingstføllet fra i år er det mange som vil by på så for meg er det ikke noe problem. Jeg ville bare finne ut hvordan detta hang sammen. Bare sørg for at den rakkeren ikke stikker av igjen dere så er vi skuls. Donna begynner å bli i eldste laget for flere føll nå."

Geir så lettet ut og kikka bort på den svarte hesten som strakte seg etter noen grasstrå akkurat utenfor rekkevidde. "Så det er den slags du har gjort når du har vært på rømmen ja din gamle røver, ikke rart at du ser så fornøyd ut! Men heretter tjorer vi deg!"

Gampen bare prustet og Nils klappet den på nakken. "Han er jo en flott hest da, a Donna kunne valgt seg en verre frier får en si. Hva heter han forresten?"

Geir skar en liten flirfull grimase. "Tru det eller ei, han heter Houdini!"

Nils måtte bare gi seg ende over og skoggerle og etter litt sto begge karene der og rågliste mens utbryterkongen selv sto og undret seg over hva alt oppstyret dreide seg om.

Karlsen tok seg en tur og bekreftet at jovisst, Houdini var en klapphingst og første eieren hadde ikke nevnt det for å tjene mer penger på salget. Og en blodprøve bekreftet fort at den store svarte var det faderlige opphav til både Mystery og Miracle.

Nils regnet med at nå var detta oppstyret opp og avgjort men nei, det viste seg at den godeste Houdini hadde rukket å gjenta bragden enda en gang før Nils avslørte ham. På vårparten kom det enda et vakkert svart føll til verden på Ødegård og Nils kunne bare med et sukk vedgå at Donna var ei riktig durabelig avlsmerr. Og navnet på føllet? Han ble hetende Houdinis Heritage og ble en aldeles strålende utøver innen feltritt.

Hvor er Silent Secret?

Jeg har opplevd et skikkelig mysterium i mitt liv og det skjedde i stallen der jeg rir forrige vår, tror det var i slutten av april. Det var en av de hendelsene som virkelig røsker opp i en og når mysteriet er løst står en der og river seg i håret og tenker at " Pokker ta, det burde jeg ha skjønt for lengst" Jeg har min egen hest der, en avdanka traver jeg strever med å få litt skikk på, så jeg er en del av det faste inventaret der kan en si, jeg får derfor forklare litt rundt stedet og folkene der først, ellers skjønner ingen mye tror jeg.

Stallen ligger på en gård et stykke utenfor byen, midt i hutaheiti mener mange og det er temmelig øde der så det er et perfekt sted med masse skog og tømmerveier det er herlig å ri på. På en høyde noen kilometer unna er det et digert tjern der vi bader om sommeren og siden det bare går en enkel vei inn dit er det liksom vårt eget lille paradis. Åge som eier gården drev med kyr før men det ble ikke lønnsomt i lengden og han ble utslitt av det så hele fjøset ble bygd om til stall og en fløy ble påbygd så stallen ser ut som en stor T, litt upraktisk til tider men det er god plass der til rundt 25 hester med stort og smått. Kona til Åge driver rideskole med 15 av hestene og resten er privateid. Det er i det store og det hele et eget lite samfunn og selv om det selvsagt er noe gnisninger innimellom går det stort sett greit.

Åge og Reidun er så trivelige og de ser med en gang om noen blir mobbet eller holdt utenfor og gjør sitt for å rette opp i det. Jeg går på videregående så det er deilig å komme seg til stallen

når leksene er gjort og bare slappe av og glemme hele
skoleslitet og alt det andre hverdagen drar med seg.
Det er bare en gutt som rir der for tiden, han heter Eigil og er
lang og tynn og jeg tror han er rundt tjue. Bønnestengel tror jeg
beskriver ham best, men han er kjempeflink og selv om
kameratene hans ler litt av det at han rir (de syns det er
jentete) så har han vist dem hva han og Don Corleone kan få til
på sprangbana og da holder de kjeft i noen uker igjen. Don
Corleone tilhører stallen, han er en svær svart halvblodsvallak
som ikke helt har skjønt at dyrlegen fjernet familiejuvelene
hans da han var tre så han er en håndfull men Eigil klarer ham
lett. Besetningen er en broket forsamling kan en si, de femten
rideskolehestene er foruten Don fire fjordinger som er så stø
og trivelige som det går an å få dem. Tre dølahester som er
svære men snille, to shetlandsponnier, en araberkrysning som
er veldig klar over akkurat at hun har araberblod i seg, to
islandshester som helst skal til skogs med en gang en tar dem
ut, en fransk varmblodshest som du trenger stige for å komme
opp på og stallens lille diva. Det er ei åtte år gammel
ponnihoppe av usikkert opphav som er rund som ei tønne og
bli som ei sol, såfremt hun får en godbit, blir skamrost for sin i
egne øyne utrolige skjønnhet og blir rundpussa og strigla til
hun skinner hver dag. Reidun setter alle nykomlingene på
henne og hun vralter rundt med dem og gjør ikke noe av å få
nakkehåra rykka ut eller bittet trukket nesten bakover til øra. Et
sjarmtroll så lenge en stryker henne med håra
De ti private hestene er min egen traver, Goliat som jeg kaller
ham for det egentlige navnet hans er på engelsk og helt
idiotisk. Så er det en liten ridehest som tilhører ei litt bertete
jente fra de litt bedre strøkene av byen. Hun har hest fordi det
er "fint" og rir sjelden selv så rideskolen benytter seg av merra,
vi kaller henne "fisegampen", det høres kanskje ut som om
hesten har et problem med luft men det er på grunn av navnet.
Merra er fin den og kjempegod å ri men eieren valgte et navn
til henne fra en fransk film hun hadde sett. Det var et ord som

hadde hørtes sååå pent ut mente hun men en av stalljentene har en far som er fransklærer og han har fortalt at ordet egentlig er et slangord hentet fra en litt sjelden dialekt og det betyr rett og slett "promp" Stakkars hest sier jeg, tenk å måtte gå rundt og hete Promp, ikke at hun forstår det men... Det er litt kult da. Det er en svær gammal tungdøl som tilhører ei jente som heter Gøril, han heter Trygg og det trengs et større jordskjelv til for at den hesten skal reagere, med et unntak men det kommer jeg tilbake til. Så er det to fullblodsarabere, Zhezane og Noodha som tilhører et par tvillingjenter, en kaldblodstraver som faktisk går løp og tilhører en gårdbruker i bygda som ikke har stallplass selv, to nydelige new forest ponnier som det er ei jente fra bygda som har og som går ponnitrav og det meste ellers. Det er ei sta gammal fjordmerr som ingen liker anna enn eieren som selvsagt mener at fettlasset er verdens beste hest og så er det sakens hovedperson, Silent Secret.

Han hørte ikke til i denne brokete forsamlinga kan en si for han er en temmelig kjent varmblodshingst som faktisk tilhørte noen som var på det olympiske laget i sprang. Han så ut til å kunne gjøre rent bord for å si det slik men så skjedde selvsagt det som ikke skulle skje. Han falt over en oxer i et litt mindre stevne og skadet et bakbein. Ikke så alvorlig at det betydde slutten på karrieren men såpass at han ikke kunne konkurrere på toppnivå mer. Eieren kjøpte sporenstreks en ny lovende hest og datteren hans som studerer i byen her fikk Silent til låns kan en si. Han konkurrerte en del i lavere klasser lokalt her og rensket pokalbordet så mange var irritert. Det var meningen at han skulle gå over i avlen så fort Betina som jenta heter gikk lei og det gikk faktisk ikke så veldig lenge før det skjedde. Hun hang sammen med en gjeng jenter som tenkte mer på fine klær, bling, gutter og festing enn på skole og typen hennes var helt lam i bakhuet, Han mente at hester bare var store stinkende havremopeder og de få gangene han satte sine bein i stallen var han livredd dem.

Silent hadde forresten ikke noe godt navn for den hesten var ikke mye stille, han oppførte seg temmelig lunefullt og kunne være både lat og direkte slem til tider men han var helt herlig å ri og det var mange som siklet etter å få kjøpe ham. Aberet var at han kostet like mye som et mindre statsbudsjett. Den eneste som virkelig forsto seg på den gampen var Anette, hun var blitt med på lasset kan en si da Betina lånte ham for hun var Silents groom som det så pent heter og nå leide hun et rom på en nabogård og tok seg av Silent og hjalp til i stallen ellers.

Anette var en litt underlig jente, hun red aldri, vi så henne aldri på hesteryggen og ryktene løp selvsagt om hvorfor hun ikke red. Noen mente at hun hadde blitt kastet av og tatt skrekken og andre mente at hun hadde skadet seg og rett og slett ikke kunne ri for helsas skyld. Uansett så hadde hun en mye bedre hånd med hester enn med folk. Hun var stille og nesten selvutslettende og merkelig mutt. Hun snakket aldri til noen om du ikke snakket til henne og hun svarte bare i enstavelsesord eller så lavt at du måtte spisse ører for å skjønne noe av det hun sa. Hun var arbeidsom som få andre og Reidun kunne ikke få fullrost henne for alt hun gjorde for rideskolen. Jo, hun var god med unger, faktisk fenomenal. Var det en liten sak som sto der og hylte og ikke turte gå bort til ponnien var det bare å rope til Anette og etter noen minutter strålte ungen og humpet rundt på Bella som om det var verdens enkleste ting. Jeg tror ikke Betina likte Anette, i hvert fall behandlet hun henne som sin egen personlige trell til tider. Betina var og er noe helt utrolig bortskjemt. Anette på sin side kom hver morgen i den samme gamle felleskjøpet dressen, lue over det ufriserte håret og et par eldgamle ridestøvler på beina. Ikke mye fashion der i gården nei.

Hun gjorde i det store og det hele så lite av seg at noen på alvor trodde hun var autist eller noe slikt, og selv om hun var flink og nøye kan ingen anklage henne for å ha vært kvikk. Hun jobbet i den samme litt trege takten hele tida og bare en gang fikk vi et lite innblikk i hva som skjulte seg under det intetsigende ansiktet. Jeg har nevnt dølahesten Trygg? Han er omtrent den roligste hesten du kan tenke deg, Åge har faktisk ridd ham på rypejakt og skutt ryper fra ryggen av ham med hagle uten at Trygg så mye som løftet en fot så en kan si at en kan stole på Trygg. Det er bare et merkelig aber med den hesten, han er livredd små hunder. Andre smådyr gjør ham ingenting, stallkatta hadde faktisk unger i boksen hans en vår og hele kullet overlevde for han var så utrolig varsom med hvor han plasserte de digre hovene. Det var rent komisk å se på for han oppførte seg nesten som om det var hans unger, han var vel bare et par titalls tusen ganger større enn de ørsmå knøttene men det var tydelig at han syns de var bedårende. Hvorfor han var redd små hunder vet vi ikke, men jo mindre jo verre var det, antagelig hadde han blitt skremt som føll.

Som sagt så ser stallen her ut som en T, det er ei dør i bunnen av T'en og en annen i bortre kort enden av den. Åge skulle sette inn ei i motsatt ende også men det gikk ikke for det viste seg at betongveggen der var en bærende struktur som ikke kunne forandres. I stedet ble det en boks på toppen av T' en som ble ofret og døra ble lagd der.

Trygg hadde boks i den enden der det ikke er ei dør og Gøril pleide å binde ham opp med rumpa mot veggen i stallgangen når hun pusset ham. Dette var den eldste delen av stallen og boksene var selvsnekret av planker og kanskje ikke helt de aller mest solide men veldig koselige og lyse og fine. Denne dagen sto Gøril og pusset Trygg og det var en verre jobb for han hadde vært ute i noen dager og gått på det som hadde vært Åges kubeite og der var det borrer, å jada, slike tette deilige kratt med borrer som er et mareritt for alle med hest. Trygg hadde fått en svær klump med borrer i halen og han har verdens tykkeste og lengste hale så Gøril sto bak ham med en kam og en saks og slet virkelig. Trygg bare sto der og halvsov og koste seg virkelig med oppmerksomheten. Silent hadde en av boksene nærmest hoveddøra siden han var hingst og de var de mest solide der og Betina sto der med noen av venninnene og diskuterte en eller annen kjendis de hadde møtt på kvelden før.

Anette sto der litt bak dem og hang med hodet og lot som om hun ikke var der men jeg så at hun ikke likte det.

Silent vandret rundt i boksen med flate ører og smelte med tennene, han likte ikke mye folk rundt seg. Jeg sto og møkket i boksen til "promp" og det var en grei jobb for den merra var utrolig nøye med å gjøre fra seg i et bestemt hjørne av boksen. Ene av jentene hadde en svær veske med seg, jeg tror faktisk det var en Louis Vuitton eller noe slikt, i hvert fall så jenta ut som en litt lubben Paris Hilton kloning komplett med solbriller og silikon i underleppa. Hun satte ned veska og jeg trillet ut møkktrilla så jeg så alt, brått gikk veska opp og ut hopper den minste hunden jeg har sett, en mini langhåret chihuahua, det så ut som en forvokst hybelkanin med halsbånd og dekken og neglelakk på klørne.

Jeg rakk å tenke " Å skitt" før bikkjekreket raste bortover stallgangen og rett mot Trygg.. Der bråstopper den da den ser dette digre dyret og gir seg til å bjeffe som en gal og det er ikke ordentlig bjeffing, ikke vov vov men japp japp japp.

Trygg bråvåkner og ser denne hårdotten på golvet halvannen meter foran seg og han friker ut totalt, jeg har aldri sett en slik forandring i en hest noen gang. Gamle rolige Trygg steiler som den rene sirkushingst og skriker og jeg trodde aldri at en hest kunne skrike så stygt. Han har aldri slitt seg i sitt liv men tjorings kjettingene på begge sider er festet i bolter som er skrudd gjennom plankene på begge sider av stallgangen og de er sikret med en mutter. Trygg trekker begge boltene rett gjennom plankene med mutter og alt så flisene fyker og rygger så langt bakover han kommer, og der står Gøril. Hun har ikke rukket å komme seg unna og jeg hører hun skriker en gang før hun blir klemt mot betongveggen av seks hundre kilo vettskremt døl som vil ut gjennom den veggen fort! Vi ser bare en arm som veiver over baken på hesten og noen bein mellom bakbeina på Trygg og hesten står der og presser seg bakover av all sin kraft mens han stamper med forbeina og ruller med øya. Jeg har ikke vært så vettskremt verken før eller siden. Bikkja bare står der og gneldrer og Betina og jentene ser ikke hva som skjer der de står men Anette forstår og brått røper hun at hun ikke er blitt beæret med den ansvarsfulle tittelen for ingenting. Hun løper bort til bikkja og griper den i nakkeskinnet, kaster den rett ut gjennom døra i toppen av tverrbygget så den lander i en søledam med et plask. Eieren hyler jo og styrter etter elsklingen men Anette bare overser henne og går bort til Trygg som fremdeles står der og stamper og skjelver som et aspeløv. Rart egentlig at hesten ikke bare sparket etter kreket for et treff av de kumlokkene og det ville bare vært en våt flekk igjen av bikkja. Betina har hisset seg opp og begynner å skjelle ut Anette men hun overser det totalt og bare mumler noe rolig til Trygg. Det er helt merkelig men hesten reagerte med en gang, hun bare sto der og hvisket et eller annet lavt og monotont og han senket hodet og sluttet med å stampe og hun tar ham i hodelaget og sender ham inn i boksen igjen som om ingenting har skjedd. Gøril går i golvet, hun er nesten bevisstløs og puster rart så Anette går bort til Betina som står der og hyler og beskylder Anette for å ødelegge for henne. Anette bare setter blikket rett i øynene til Betina og jenta klapper igjen og blir helt blek. "Du har mobil, ring ambulanse, Nå! "

Betina fomler og roter og løper ut og ringer og Anette setter seg ned og legger Gøril varsomt opp så hun få puste lettere, snakker lavt og beroligende til henne. Jeg bare sto der og var helt gele i beina og begynte å forstå at Anette faktisk var temmelig myndig når det trengtes, og at hun kunne ta kontrollen over en situasjon bare ved å være der.

Det gikk bra med Gøril, bare brist i et par ribbein og sjokk men jeg fikk en ny respekt for Anette den dagen. Betina pakket med seg venninnegjengen og kom ikke tilbake på mange dager og mange av oss var glade til. Betina passet liksom ikke så godt sammen med oss andre som alle er fra lokalområdet. Hun hadde liksom et drag av overlegenhet over seg som jeg ikke riktig vet hvor kommer fra for faren hennes var ikke slik, det kan hende at det var moren sin skyld for hun var visst fra en litt finere tysk familie. Det gikk noen dager og så var alt tilbake til normalen og vinteren begynte å gi slipp for alvor. Det var en god tid men en tid med masse vask av gjørmete hester og gjørmete unger som ramlet av i paddocken eller lekte i de verste hølene de kunne finne. Det er et eller annet rart med unger og vann og gjørme, det er som de blir trukket til det. Reidun var fortvilet noen ganger for foreldrene hentet jentungene i bil som regel og når de så ut som gjørmetroll var det ikke alltid at de var velkomne om bord uten å ha blitt skrubbet rene først, og det var ikke det hun egentlig planla å bruke tida på.

Det tørket litt opp og jeg begynte å glede meg til sommeren og fine turer i terrenget, det ble påstått at det skulle bli en varm vår det året og mange av stalljentene hadde allerede kastet de tykke jakkene til fordel for t skjorter og tynne treningsklær. Så en lørdag skulle jeg til stallen og reiste tidlig fordi jeg visste at det skulle være et ekstra kurs den dagen og jeg ville stelle og ha ut Goliat før hele stallen ble oversvømt med folk. Jeg syklet denne dagen og gårdsveien var slik den alltid var på denne tida, det så ut som om forsvaret hadde leid den til utprøving av granater for det var bare hull i hull med enda større hull mellom hullene. Jeg sykla rundt svingen som vanlig og kom frem på gårdsplassen og der var det kaos. Jeg trodde først at jeg hadde blingset på klokka og at kurset hadde begynt allerede for det var flere biler der og folk løp rundt og jeg skvatt da jeg så en politibil. Jeg ble redd for at det skulle ha skjedd noe alvorlig, at noen var skadd eller noe slikt.

Fikk den virkelig ekle følelsen i halsen og magen man kan få når en tror at noe er galt eller at man har gjort en brøler selv, slik kald og sugende og tung. Jeg så at Betina sto der og gestikulerte og Anette sto like bak, like selvutslettende som alltid. Jeg kasta fra meg sykkelen og løp bort til en av de andre

jentene der, ei av de faste som rir skolehestene når det ikke er
kurs. Hun så litt oppskaket ut. "Hva er det som skjer?"
Lise som hun het hadde et litt rart utrykk i ansiktet. " Silent har
blitt borte!"
Jeg forsto først ikke hva hun mente. "Har han stukket av? Men
stalldøra er jo alltid stengt ..."
Lise så litt oppgitt på meg, trodde vel at jeg var helt lam i
hodet. " Han er stjålet skjønner du vel?!"
Jeg måpte, så vel ut som en torsk på tørre land. "Hæ? Stjålet? "
Lise så litt viktig ut. " Jepp, var søkk borte da Reidun kom i
stallen i dag tidlig, og døra var stengt så noen må ha tatt ham."
Jeg forsto oppstyret nå, Silent var verdifull som bare pokker,
forsikret for en skyhøy sum og han hadde en lysende karriere
foran seg som avlshingst.
Reidun kom bort til meg, hun var blek og jeg skjønte hvorfor.
Hvis eieren hans bestemte seg for å være riktig gemen kunne
han sikkert kreve erstatning av stallen eller saksøke dem eller
noe slikt og det ville være kroken på døra. Tross alt, det hadde
aldri vært nødvendig med noe særlig sikkerhetstiltak på et slikt
avsides sted. Det var bare ei utelampe foran stallen og ikke noe
så fancy som overvåkning eller noe slikt. Jeg så at Reidun
prøvde å virke rolig men hun var virkelig nervøs, det skjønte
jeg. " Bente, kan du være så snill å møte alle som kommer og
fortelle at kurset er utsatt? Jeg må snakke med politiet og ordne
en hel masse nå."
Jeg nikket bare og gjorde som jeg fikk beskjed om mens jeg
kikket på at politiet tok forklaring fra alle sammen og tok en
masse bilder. Jeg tror de tok fingeravtrykk også, og de virket
litt utilpass noen av dem for det var tydelig at de ikke var vant
med hester i det hele tatt.
Jeg ble stående der og prøvde så godt jeg kunne å forklare
situasjonen til en del frustrerte folk som skulle på kurs, og litt
utpå formiddagen ble det rolig igjen. Politiet hadde reist igjen,
de skulle sende ut etterlysning og sjekke grenseoverganger og
slikt og det ble sendt meldinger i tv og radio med dusør til den

som visste noe om forsvinningen. Jeg bare sto der og visste ikke om jeg kunne gå inn i stallen igjen ennå eller om det var slik de kaller bevisforspillelse. Noen av de andre gikk inn så jeg gjorde det også og stelte Goliat litt slik åndsfraværende for det hadde gått innpå meg også. Tenk om noen stjal flere hester? Det var mange fine i stallen og en hører jo slike fæle historier om folk som stjeler hester og selger dem til slakt og slikt. Det er vel neppe sant men allikevel.

Jeg skulle til å gå igjen da en av de andre stalljentene kom, hun rir som regel en av dølahestene til skolen og hun er veldig flink men skiller seg litt ut siden hun er adoptert fra india og er temmelig mørk. Hun heter faktisk Tabitha Marie, og selv om ingen her i bygda mobber andre så har hun opplevd å bli kalt både "pakkis" og verre ting også. Hun hadde hørt om det som hadde skjedd og det var noe litt rart i ansiktet hennes. Hun så i hvert fall veldig tankefull ut. Jeg hilste og hun kom bort til meg, det var et glimt av noe underfundig i blikket hennes.

"Hva tror du har skjedd Bente?"

Jeg trakk på skuldrene. " Det er vel ganske åpenbart? Noen har stjålet Silent for han er jo kjempe verdifull. Kanskje de vil selge ham videre eller noe."

Tabitha ristet sakte på hodet, hun virket litt grublende. "Nei, jeg tror ikke det, han er så godt kjent vet du, og han er merket dessuten. Han kan ikke konkurrere mer og om de skal avle på ham må de jo bekrefte at føllet er hans og da rakner hele greia til slutt. De kan jo ikke si at det er en annen hingst de har brukt for da blir ikke føllene så mye verdt og da er det jo ikke noe å tjene på det."

Jeg bet meg i underleppa, hun hadde faktisk rett i det.

"Kanskje de vil kreve løsepenger?" Tabitha nikket sakte. "Det er mer sannsynlig ja, han er jo kjempekjent og mange blir rasende om ikke eieren blar opp. De kan kreve flere millioner uten at det blir for grådig."

Jeg nikket. "Tror du politiet skjønner det?"

Tabitha gren på nesa. "Jeg tror ikke de vet så mye om hestemiljøet, men kommer det et krav så "

Hun trakk meg litt til side. "Jeg la merke til noe rart i dag tidlig, jeg var innom rett etter at Reidun oppdaget at Silent var vekk for jeg glemte jakka mi i stallen i går."

Jeg så at hun var litt ivrig. "Hva da?"

Hun senket stemmen. "I går var jeg blant de siste som gikk, det var bare Anette og Linda igjen og Linda bor jo i drengestua her på gården. Jeg sykla i går og Åge hadde kjørt rundballer med gamletraktoren så alle bilsporene var visket ut. Da jeg kom i dag tidlig hadde det ikke kommet noen nye bilspor oppå traktorsporene og det var bare mine sykkelspor i gjørma, og Anettes, men de var doble! "

Hun så stivt på meg og jeg rynket panna og forsto ikke riktig helt. "Doble?"

Hun nikket gravalvorlig. "Ja, jeg hørte at hun sa at hun hadde gått som den siste i går og stengt døra og kommet tilbake i dag tidlig nesten samtidig med Reidun, men etter sporene å dømme har hun vært her en gang til, i natt! Det var klart i natt og iskaldt og dekkene hadde ikke gått helt gjennom gjørma så det må ha vært så sent at frosten hadde rukket å få gjørma til å stivne."

Jeg ble litt uvel, kjente at noe i meg føltes merkelig motstridende. Jeg forsto hva hun sa men allikevel ikke.

"Mener du at Anette har noe med dette å gjøre?" Jeg hvisket det bare og Tabitha nikket kort. "Tenk deg om Bente, hvem kjenner Silent best? Hvem kan håndtere ham og ta ham ut uten at han lager et helsikes leven? Linda bor to hundre og femti meter fra stallen her og hun reagerer bare hun hører et vrinsk på feil tid av døgnet!"

Jeg ristet på hodet og prøvde å samle tankene. "Men politiet, skjønner ikke de at...."

Tabitha ristet på hodet. "Vet du hva som skjedde så fort Reidun så at Silent var borte? Hun ringte nesten gud og hvermann og gud og hvermann kom kjørende og ødela alt som het spor. Jeg hørte at ene politimannen sa at det var umulig å se om noen hadde vært her på gården med henger i natt for det var helt nedkjørt og minst fem biler kjørte rundt her før politiet kom og enda flere etterpå. Og Åge måtte hente mer rundballer til sauene som går ute også så traktoren herpet det som måtte være utenfor selve veien."

Jeg måtte tenke for meg selv at det neppe var helt den situasjonen politiet foretrakk i en slik sak. "Men sa du ikke fra til politiet?"

Tabitha satte de nydelige svarte øynene i meg og det blikket var virkelig bittert. " Jo da, jeg prøvde jeg, men jeg ble bare bedt om å holde meg unna og ikke forstyrre etterforskningen, hadde jeg vært blond og blåøyd hadde de vel kanskje vært litt mer høflige tenker jeg!"

Det siste kom temmelig giftig og jeg måtte svelge. Jeg forsto hvordan det måtte føles for henne for hun hadde vært borti lignende situasjoner før. Siden etternavnet hennes er norsk tror mange at hun bare har et litt eksotisk navn men det har hendt at hun har mistet sommerjobber bare fordi hun ser ut som hun gjør. Det er egentlig helt tragisk.

Jeg følte meg brått som en medskyldig i en slags konspirasjon. "Men hvorfor skulle Anette ta Silent? Det skjønner jeg ikke!"

Tabitha sukket. "Se det skjønner jeg ikke heller, for alle vet at der han havner havner hun også, ingen andre takler ham så godt som hun. Det er noe merkelig her og det akter jeg å komme til bunns i !"

Jeg må ha sett temmelig forskrekket ut der og da og Tabitha smilte og la handa på skulderen min. "Jeg tror Anette skjuler noe for oss, at hun har en eller annen hemmelighet hun for alt i verden ikke vil skal avsløres og jeg skal vedde alle ukepengene mine i ti år på at det har med Silent å gjøre. Hun er ikke egentlig slik hun er her i stallen, det er jeg bombesikker på."

Jeg begynte å tenke på det som skjedde med Trygg og jeg skjønte at Tabitha hadde rett, Anette var faktisk ikke slik selvutslettende og usynlig i virkeligheten, hun bare lot som og jeg lurte på hvorfor. Tabitha nikket mot den tomme hingsteboksen. "Jeg tror hun kom tilbake i natt og tok ham med seg, og hvor kan hun ha gjort av ham? Hun kan ikke ha gått langt for jeg tviler på at hun får den hesten over elva uten videre, på hovedveien kan noen se dem og hun kan ikke bare slippe ham i skogen et sted heller. Silent trenger en stall og et ordentlig sted å være, er man bortskjemt er man bortskjemt." Jeg og Tabitha kom til samme slutning samtidig, vi sa det faktisk i kor. "Bårdsløkken!"

Det var et nedlagt småbruk som lå bare noen få kilometer fra gården her nesten nede ved elva og det ligger utrolig ensomt til ute på en slags halvøy. Det er et forferdelig terreng der nede og ingen går ned dit på denne årstida for det er ikke noe å gå dit for. Siden elva går ned i en slags kløft der ser en ikke stedet før en er like ved det, det var en husmannsplass en gang i tida og jeg har vært der en gang for mange år siden da vi lette etter noen kyr som hadde rømt. Da skjønte jeg ikke hvordan noen hadde kunnet overleve der nede for det var ingen jorder eller noe, bare noen hus og noe som kunne ha vært en liten hage en gang i tida. Men husene sto faktisk og de var ganske ok også for Åge fortalte at de hadde brukt ordentlige solide materialer på den tida og der husene sto var det tørt og fint og i le for både vær og vind. Det kunne vært et fint sted å ha en hytte hadde det ikke vært så avsides og lite attraktivt.

Tabitha gliste. "Det er det eneste stedet hun kan gjemme en hest på i nærområdet her, ikke uten å bli sett eller hørt!"

Jeg prøvde å bremse begeistringen litt. "Men hva med sporene?"

Tabitha ristet litt oppgitt på hodet. "Se ut døra, det er april, sola gjør unna med spor i løpet av noen timer nå, ingen ser nå om det er hest eller elg eller den avskyelige snømannen for den sakens skyld."

Jeg begynte å forstå at Tabitha hadde rett. "Men hva skal vi gjøre med det? Skal vi si det til Reidun? Til politiet?"

Tabitha ristet på hodet. "Nei, jeg tror ikke vi skal det, jeg tror vi skal finne ut hva som ligger bak først, om politiet skal ordne dette tror jeg de bare arresterer Anette og da får ingen vite hva som ligger bak. Jeg tror hun vil gjøre alt for å ikke røpe det."
Jeg trakk jakka litt tettere om meg. "Så du foreslår at vi rett og slett avslører henne?"
Tabitha nikket bestemt. "Jeg tror ikke hun forteller ellers. Jeg vet en ting om Anette Bente, og det er at hun er innmari glad i Silent. Hun har gjort dette for å beskytte ham, det er jeg brennsikker på. Jeg vet selv at jeg ville gjort hva som helst om Bruna var i fare, og jeg tipper at du også ville forsvart Goliat med nebb og klør ikke sant?"
Jeg måtte nikke, visste at hun hadde rett i det. Alle som har en hest de er glade i har det vel slik. "Så vi gjør det både for Silent og for Anette sin skyld. I kveld møtes vi ved det nedlagte sagbruket, gamle gårdsveien til Bårdsløkken går derfra, og den er nesten bar nå."
Jeg bare måpte. "Så fort? Men…"
Tabitha sukket bare. "Vi må skynde oss før noen andre tenker på det samme som oss, og de andre tenker kanskje bare på dusøren og ikke på Anette eller Silent."
Jeg kjente meg litt skremt av iveren hennes. "Hva skal jeg si hjemme da?"
Tabitha smilte litt skøyeraktig. "Jeg vet at du snek deg ut vinduet da du skulle på stevnemøte med Jørgen, du kan gjøre det igjen ikke sant? Ta med lommelykt og varme klær og husk støvler, det er vått der nede ved elva."
Jeg kjente meg litt overkjørt, hadde jo ikke sagt direkte ja til det sinnssvake forslaget men Tabitha hadde trukket meg rett inn i dette og jeg kjente at det var spennende også, og litt skremmende. "Æh, når skal vi møtes da?"
Tabitha smilte kort. "Halv elleve, da er det mørkt, og ta på deg mørke klær. Da synes vi ikke så godt."
Hun klasket meg på skulderen og nikket kort. "Da stoler jeg på at du kommer Bente."

Jeg sto igjen og følte meg som om jeg skulle opp til en forferdelig viktig eksamen jeg hadde greid å glemme totalt. Hva i svarte granskogen var det jeg hadde greid å rote meg inn i nå!? Jeg husker hvor rasende mor ble da jeg snek meg ut og ble borte hele natta for å bli med på midnattsritt med to andre venninner og om hun fikk vite om detta, ja da ble det månelyst til de grader.

Jeg må si at jeg gjorde resten av stellet temmelig raskt og da jeg kom hjem raste jeg rett på rommet og lot som om jeg hadde kjempe mye lekser som måtte gjøres til mandag. Jeg var bare sekunder fra å ringe Tabitha og avlyse hele greia flere ganger men samtidig så ville jeg så inderlig gjerne vite hvorfor Anette hadde tatt Silent. Hva var det hun skjulte? Jeg ventet til klokka var nesten halv elleve før jeg snek meg ut, mor og far la seg tidlig for de skulle til farfar dagen etter og broren min satt alltid på rommet sitt og spilte et eller annet voldelig dataspill til over midnatt og han brydde seg aldri om hvor jeg var. Jeg sykla som en gal ned til sagbruket, mest for å flykte fra mine egne nerver tror jeg. Hadde legen min hørt på pulsen min ville han vel trodd jeg var i ferd med å få slag og lagt meg inn sporenstreks. Jeg var aldeles tørr i munnen.

Tabitha sto der og ventet, hun blinket med lommelykta to ganger og et øyeblikk var situasjonen absurd, som om vi var med i en eller annen slik ungdomsserie av noe slag, eller lekte spioner. Et øyeblikk streifet tanken meg på å presentere meg som " Mitt navn er Bånn, helt Bånn" , men det ble for dumt. Tabitha nikket og smilte, tennene hennes lyste nesten i mørket. "Bra du kom, vi får skynde oss."

Vi skyndte oss langsomt for veien hadde ikke vært i bruk på en mannsalder og var nesten helt gjengrodd unntatt et par steder der de hadde tatt frem tømmer og der var den om mulig enda verre fremkommelig. Jeg tror klokka var nesten ett før vi nådde det nedlagte bruket og jeg så med en gang at det lyste i ene uthuset. Tabitha bare nikket kort og sa ingenting, jeg kjente meg tørr i halsen igjen. Hva om vi tok feil? Hva om det ikke var Anette som hadde gjort det allikevel men noen slike farlige gangstere fra byen som ville ha løsepenger? Hva kunne de finne på å gjøre med to slike snushaner som oss? Jeg ble kaldsvett under den tette fleecejakka. Vi snek oss frem på baksiden av husene, det var ikke særlig mye kratt der, så det gikk lett. Det var en ørliten luke i tømmerveggen et stykke opp fra bakken og der lyste det. Jeg svelget hardt og strakte meg opp, kikket varsomt inn. Det var sikkert et skur av noe slag men det hadde blitt gjort om til stall og det var gjort grundig for det var faktisk riktig fint der. Silent gikk i en slags løsboks og det var tykt med flis på golvet og han så ut til å ha det riktig trivelig der. Lyset var en slik moderne parafinlampe og det hang et høynett der og annet utstyr. Det var ikke store plassen men stor nok og vi forsto at dette hadde vært planlagt lenge. Det hadde vært lagt ned mye arbeide i det også, det var tydelig. Jeg følte en trang til å klø meg i hodet, hva betydde alt dette? Jeg lot Tabitha titte også og hun så like tvilrådig ut som meg, hun hvisket til meg. "Dette er merkelig!"

Silent snøftet litt og vi var musestille, kikket inn igjen. Han sto og spiste som før, like vakker og gylden rød som alltid og jeg kunne på et vis forstå at noen ville stjele en slik hest, bare for å ha den som sin egen. Tabitha snudde seg mot meg og jeg skjønte at hun ikke helt visste hva vi skulle gjøre nå, jeg skulle til å hviske til henne men brått fikk vi lyset fra en kraftig lampe midt i glaningen og vi sto der som hjort foran to tusenmetringer. Jeg tror jeg aldri har vært så nære ved å dø av skrekk noen gang. Hadde jeg ikke vært smart nok til å gå på do før jeg stakk ville snøen blitt både gul og brun er jeg redd.

Lyset sto på oss litt, så hørte vi en stemme og den var heldigvis den vi hadde ventet oss. "Åh for pokker, det var det jeg var redd for."

Vi sa ingenting for stemmen var utrolig oppgitt og skuffet og vi kjente oss brått fryktelig skyldige. Anette slukket lykta og sukket tungt. "Greit, dere får bli med meg rundt, her kan dere ikke stå, dere blir dyvåte."

Hun virket enda mer lut og liten enn ellers og jeg kjente at den dårlige samvittigheten gnog i meg som en hel hær sultne marker i et eple. Tabitha kremtet, en merkelig tynn liten lyd. "Vi er lei for det altså, vi ble bare så nysgjerrige og jeg så sykkelsporene dine og vi la to og to sammen og så..."

Anette bare sukket en gang til og jeg syntes plutselig fryktelig synd på henne. Det var tydelig at det hun skjulte var veldig viktig. "Ja jeg skjønner det, spørsmålet er om dere er de eneste?" Jeg bablet ivei. "Jada, vi har ikke sagt noe til noen altså, og ingen hørte oss i stallen da vi planla å reise hit og vi har ikke sagt noe hjemme og.."

Anette åpnet døra og vi gikk inn, Silent la på ørene som vanlig og så sint ut men det er vanlig for ham. "Tåpelige jenter, tenk hva foreldrene deres vil si om de finner ut at dere har gått helt ned hit så sent på kvelden? På denne tida av året! Det er direkte farlig, tjernene her ser trygge ut men isen er råtten! Om dere mistet veien kunne dere ha havnet i livsfare!"

Vi så bare ned i golvet, hun hadde rett men vi hadde selvsagt ikke tenkt så langt.

Anette satte seg på en høyballe og vi satte oss nølende på en annen, hun så sliten ut, det la jeg merke til nå. Det var noe nesten jaget i øynene hennes og hun var liksom litt en annen person enn den vi var vant med. "Akk, ja, dere kjenner utrykket om katten? Nysgjerrigheten drepte katten men tilfredsstillelsen brakte den tilbake? Jeg antar at jeg ikke har noe annet valg enn å forklare dere hele denne gedigne suppa jeg har rotet meg opp i."

Vi så litt usikkert på henne og hun smilte litt vemodig. "Jeg var også stalljente som dere, og jeg har alltid elsket hester en masse, de har vært min eneste lidenskap."

Hun så bort på Silent, han hadde begynt å tygge på høyet igjen men han så ennå sint ut. "Du trenger ikke fortelle altså."

Stemmen min skalv litt og hun smilte igjen, det var nesten noe undrende i smilet. "Jo, jeg trenger faktisk å fortelle, å få det ut av systemet. Jeg har tross alt gjort noe kriminelt."
Det siste var ironisk.
Hun la armene i kryss over knærne og la haken på toppen, satt der sammen krøket. "Det hele begynte faktisk for tolv år siden, da jobbet jeg på et stutteri i utlandet og jeg var faktisk ganske betrodd og hadde en god stilling der. Men jeg gjorde noe veldig veldig dumt!"
Vi så fort på hverandre, hva var dette? Hun så ned i golvet.
"Jeg hadde en egen hest, en hingst som het Sovereigns Pride, han var min øyesten og en utrolig god hest. Jeg vil si at han var en av de aller beste spranghester jeg noen gang har vært borti, han var på olympisk nivå og kunne gått veldig langt."
Jeg svelget fort. "Og så?"
Hun så fort bort på oss og jeg så at det rant en tåre fra øyekroken hennes. "Han ble syk, det gikk fryktelig fort for det var en særlig rask form for kreft. Jeg ville ikke at han skulle bli helt borte, så jeg gjorde noe veldig ulovlig. Jeg brukte ham på en hoppe som skulle til stallens egen avlshingst. Det ble avlshingsten som ble registrert som far til føllet og det føllet var Silent!"
Jeg og Tabitha måpte like mye, jeg tror vi så ut som om vi hadde ramlet ned fra månen begge to. Hun svelget synlig. "Jeg sluttet i jobben da hesten min døde og sverget på å aldri drive med hest mer, men så, noen år senere ble jeg oppsøkt av noen som trengte en dyktig groom til en lovende spranghest og du vil ikke tro det sjokket jeg fikk da jeg fant ut hvilken hest det var. Jeg hadde trodd at jeg aldri skulle se føllet etter Sovereigns Pride og var fornøyd med bare å vite at arven etter ham ville leve videre. Jeg visste ikke mine arme råd egentlig, men jeg tok til slutt jobben. Bare for å passe på ham kan du si."
Jeg svelget hardt, at det var noe slikt som lå bak? Det hadde jeg aldri trodd.

Hun fortsatte. "Jeg regnet med at de ville bruke ham i konkurranser til han ble for gammel og så la ham bli avlshest uten noe om og men og undersøkelser og slikt men skjebnen er av og til litt grusom, den ler deg i fjeset når du minst venter det og det er riktig at en høster som en sår. Jeg vil ikke la noe galt skje Silent, han er alt jeg har igjen og han er en minst like god hest som faren men den skaden ødela alle planer jeg hadde."

Jeg rynket pannen og kjente at nysgjerrigheten min var vanskelig å tøyle der og da. "Hvordan det?"

Anette sukket lavt. "Det er flere skjær i sjøen ser dere jenter, for det første vil de teste ham før de kan ta ham inn i avlen og en av testene er for å sikre at han er den papirene sier han er."

Tabitha gispet " En farskapstest?"

Anette nikket sakte. "En DNA prøve, og den vil avsløre at han er en blandingshest og ikke ren rase."

Vi så på Silent av ren refleks begge to, ingen av oss ville trodd at han var en krysning av to raser for han så da virkelig ut som en perfekt Hannoveraner. "De vil ikke trenge noen farskapstest for å se det, men når det først er avslørt blir det nødvendig med mer grundige prøver og da ser de i hvert fall at det er en annen hingst som er faren enn den som er oppført og siden jeg var den som var ansvarlig for bedekningene er det jeg som får støyten og det blir kjempedyrt for stutteriet, for da vil de måtte teste alle føll unnfanget mens jeg jobbet der bare for å være på den sikre sida og nå snakker vi om sekssifrede summer i erstatning om noe ikke stemmer."

Vi satt der og måpte, dette var virkelig temmelig alvorlig, og tragisk.

"Men kan du ikke bare stikke av, forsvinne eller noe? Du kunne jo bare slutte som groom og ikke la dem finne deg igjen?"

Hun sukket igjen og gjemte hodet i hendene. "De vet at jeg jobbet på det stutteriet, det er derfor de ville ha meg som groom fordi stutteriet hadde skrytt av hvor god jeg var med hingstene der. Jeg kan ikke stikke av fra ham heller, jeg har skylda for at han kanskje ikke lenger er aktuell å beholde for eieren. Jeg frykter for Silents fremtid for han er ikke i stand til å konkurrere på toppnivå mer og jeg kjenner eieren, han er bare interessert i å få mest mulig penger for ham. Helst går han vel til en eller annen som bare vil presse ham så høyt som mulig så lenge det går og så blir han ødelagt eller slaktet. Jeg vil ikke at det skal skje!" Tabitha rynket pannen. "Men tar de alltid prøver da? Før de setter en hest i avl altså? Silent er jo så godt kjent som en topphest at det kanskje ikke er nødvendig?" Anette lagde en liten latter, den var bitter. "Ja hadde det vært en vanlig situasjon ville det neppe vært nødvendig for alle vet jo hvem han er og hele det der, folk ville brakt hopper til ham uansett tror jeg. Selv om de finner ut at faren er ukjent for han var tross alt kjent som spranghesten som kunne fly! Folk tenker mer på å avle gode spranghester enn på å avle kommende avlsdyr, de vil tjene penger og få gode bruksdyr som de kan vinne premier med. Å drive med avl er for dyrt og bare for de spesielt interesserte. Nei, farskapet er nok dessverre ikke eneste skjæret i sjøen lenger. Skjebnen har slått meg i ansiktet og han har brukt en stridshanske i stedet for en silkehanske. Dere må da ha lagt merke til at Silent er litt ....underlig?"

Tabitha så litt forvirret ut. "Underlig?"

Anette sukket og nikket i retning av den vakre røde hesten. "Husker du da han nesten brøt seg ut av boksen?"

Tabitha lysnet opp. "Å ja, da den ene araberhoppa var brunstig. Og han prøvde å angripe Don."

Anette skar en liten grimase. "For alle var det tilsynelatende et angrep ja, men jeg klarte å avverge at de skulle skjønne hvordan det egentlig hang sammen. Det var ikke hoppa Silent var interessert i."

Jeg holdt på å ramle på baken. "Er Silent HOMO?!"

Anette nikket stille. "Ja. Så noen stor fremtid som avlshest har han neppe."

Tabitha ristet på hodet som for å klarne tankene. "De kan jo bruke inseminasjon? Da trenger han ikke å bedekke hoppene selv for å si det slik. Og noen hingster kan jo lures også." Anette smilte fort til Tabitha. "Ja, men jeg har prøvd det med ham. Lokke ham med en annen hingst eller vallak men det nytter ikke. Han vil ikke på ei hoppe uansett." Jeg så litt nervøst på Anette. " Men du må ha en slags plan? Hva skal du gjøre nå?" Anette strøk seg over håret. " Jeg aner ikke, det er sannheten. Jeg ville bare ha ham vekk fra gården for jeg hørte at Betina sa at de vil sende ham av gårde til et stutteri til uka igjen. Selv om de så bruker en annen hest av hannkjønn til å lokke ham så de kan ta sæd til inseminasjon så gjør det ham mindre attraktiv. Folk er litt rare slik."

Tabitha så ut som om hun tenkte hardt. "Om han dukker opp igjen, sender de ham til det stutteriet da? Med en gang?" Anette så litt forvirret ut. "Nei, jeg tror ikke det. Om han blir funnet må de jo sjekke at han er ok og slikt."

Tabitha hadde fått en underlig mine i ansiktet. "Og om han ikke er ok? Hva skjer da?" Anette så litt forvirret på Tabitha, hun lente seg forover. "Hvordan det? Hva mener du?"

Tabitha satte seg bedre til rette, hun hadde et stramt drag om munnen. "Der jeg bodde før var det en bonde som drev med trav, han hadde en hingst som vant mye. De skulle sette ham i avl men da de tok prøver viste det seg at han ikke var befruktningsdyktig. Den hingsten hadde for dårlig sædkvalitet selv for inseminasjon. Om Silent viste seg å være ubrukelig som avlshest, hva ville skje da?"

Anette så litt skremt ut. "Vel, jeg vet ikke for å være helt ærlig. Han er jo ikke i stand til å konkurrere på topp nivå mer og kan han ikke avles så tja, da er han lite verdt er jeg redd." Tabitha trakk pusten dypt. "Det jeg snakker om er forsikringssvindel Anette, er du villig til å gjøre noe slikt, for Silent?"

Anette så himmelfallen ut. "Selvsagt, men hvordan? "
Tabitha så litt innful ut. "Jeg har en plan. Om noe har skjedd
ham får eieren forsikringspengene ikke sant? Da blir nok han
fornøyd og mere til. Og Silent er jo ikke brukbar for topp
ryttere så den går nok for en lavere sum enn normalt. Og jeg
kjenner noen som har penger til det. Vi må bare få folk til å tro
at han ikke er aktuell i avlen lenger."
Anette så fremdeles forvirret ut og Tabitha tok henne i
skulderen.
"Nå slipper du Silent ut i morgen, han vil gå hjem igjen sikkert
som en lås og det er spådd regn i morgen tidlig så spor finner
de neppe. Når han er hjemme igjen blir det kaos, alle vil ha
svar men du er hans groom, du kjenner hesten og du kjenner
miljøet. Du vil forlange at kun de aller beste sjekker ham for
skader og jeg vet akkurat hvem du skal be om."
Anette så ut som om hun begynte å forstå nå. "Ok, og så?"
Tabitha gliste litt stygt. "Dere tar ham med for testing og
dessverre, han har blitt skadd mens han var borte. Og så tenker
jeg at snøballen er i gang med å rulle."
Anette så tvilende ut. "Er du sikker på dette jente? Hvem er det
jeg skal be om?"
Tabitha sa et navn som ikke sa meg stort men Anette så
bestyrtet ut. "Kjenner du ham?!"
Tabitha nikket stolt. "Han er onkelen min, på fars side. Han vil
gjøre det om jeg forklarer situasjonen, for han hater at gode
hester blir ødelagt bare for pengene sin skyld."
Jeg dro kjensel på navnet nå, en verdenskjent autoritet på
hesters helse som nå var pensjonist men ennå i stand til å
jobbe.
Anette trakk pusten dypt og virket for å tenke hardt i noen
minutter. "Greit, det er vel eneste sjansen vi har. Hvem er det
som vil by på ham? "
Tabitha så rolig og fornøyd ut. "Min kusine, hun bor et godt
stykke nordover og er en lovende rytter. Og faren hennes har
masse penger også, hun har mast på en god hest lenge og jeg

skal banne på at du kan bli med dit som groom. Da trenger
dere ikke å skilles."
Anette svelget kort. "Det høres ut som en drøm vet dere. Men
vil det funke?"
Tabitha gliste. "Jeg tror det vil gå greit jeg. Vi må bare gi dem
en grunn til å tro at noe er galt med ham så tror jeg at de går
med på at du bringer onkelen min hit, jeg vil ringe ham og
forklare det alt i kveld. Han sitter alltid lenge oppe."
Vi så bort på Silent som sto og åt, hva kunne vi gjøre for å fake
en slags skade?
Anette knipset i hendene og raste bort til et gammelt skap som
sto der, hun åpnet det og tok frem en gammel brun flaske av
noe slag. Den hadde ingen etikett og det luktet heller stramt av
den. Vi så spørrende på henne og hun vred av korken med en
tydelig anstrengelse. "Jeg fant denne her da jeg ryddet opp. Jeg
aner ikke hva som er i dette men de brukte det i gamle dager
når de skulle kastrere sauer. De smurte det på etter at de bant
av testiklene på dem og det gjorde at vevet hovnet opp slik at
blodtilførselen ble avskåret."
Både Tabitha og jeg skar en grimase men vi skjønte hvor
Anette ville. Om Silent kom hjem med hovne testikler var det
jo ganske troverdig at han ikke lenger var avlsdyktig. Anette så
brått ivrig ut, nesten stridsvillig. "Greit, vi følger planen. Dere
jenter går hjem og ringer de som skal ringes og så gjør jeg det
jeg må. Vi kan bare krysse fingre for at det går greit."
Tabitha gav henne en fort klem før hun grep meg i armen og
halte meg med ut. Vi skyndte oss tilbake til syklene og jeg
følte meg merkelig oppgiret. Jeg tvilte på at jeg ville greie å
sove noe særlig når jeg var tilbake i senga. Tabitha så veldig
ivrig ut, hun trippet nesten. "Jeg håper at vi klarer det. For da
spiller det ingen rolle lenger at han ikke er interessert i
hoppene, og han og Anette trenger ikke skilles ad. Jeg vet at
rideskolen der kusina mi rir trenger en ny ridelærer for de
minste ungene, og der passer jo Anette perfekt."

Jeg krysset fingre og så syklet vi hjem hvert til vårt, Tabitha måtte ringe onkelen sin og sette ham inn i planen med en gang. Jeg kom meg i seng uten at noen oppdaget at jeg hadde vært ute og ble liggende å vri meg lenge før jeg fikk sove og da vekker klokka gjorde sitt infernalske arbeid hadde jeg en følelse av at jeg ikke hadde sovet i det hele tatt. Etter skolen syklet jeg til stallen med en gang, jeg hadde en følelse av hastverk. Det var stille der, ingenting hadde skjedd ennå og jeg så at Anette og Reidun sto og snakket sammen. De virket temmelig nedslått begge to og jeg syntes Anette spilte godt. Hun så akkurat like elendig ut som dagen før. Jeg gjorde stallarbeidet som vanlig og lot som ingenting og Tabitha kom også og lot som ingenting. Vi så knapt på hverandre og jeg kjente at spenningen fikk magen til å dirre som om det var en milliard sommerfugler inni der.

Det begynte å bli mørkt da det kom et hyl fra en av jentene som drev å trente i paddocken, hun skrek noe utydelig og alle stormet ut og stirret ut i mørket der hun pekte. Og ut av tåka og mørket kom Silent travende, han så ikke ut! Hesten var full av gjørme og borrer, det så ut som om noen hadde prøvd å klippe mana og halen kort uten helt å ha grepet på det for han så skamklippet ut og han hadde på rester av et gammelt muggent dekken og en grime som var to nummer for stor minst. Han hadde sår og risp i huden og Anette lagde en merkelig lyd da hun så ham, det hørtes ut som et halvkvalt skrik. Den jenta var dyktigere skuespiller enn vi hadde trodd.

Reidun hylte også, og Åge kom rasende og bråstanset. Silent travet urent frem til stalldøra og glefset truende etter alle som kom nær ham, han ville inn og en av jentene åpnet døra litt nølende. Hesten raste inn og fant boksen sin med en gang. Anette løp etter og Reidun fulgte henne og vi andre ble stående igjen ute. Tabitha nikket stille mot meg, Anette måtte ha tatt ham med oppover elva og sluppet ham slik at han måtte løpe gjennom de fæle krattene der nede. Det var risikabelt men kunne være verdt det. I det minste så hesten troverdig ut.

Det ble kaos som spådd. Eieren kom, politiet også og Reidun måtte stenge stallen så de fikk ro til å prate. Og Anette var brått den alle hørte på, hun var rolig og hadde liksom overblikket over hva som måtte gjøres. Til og med eieren hørte på henne og hun ringte selv det nummeret Tabitha hadde gitt henne. Hun lot som om hun kjente Tabithas onkel fra før og han spilte med og lovte å være der ganske fort. Eieren var med på det, med et slikt kjent navn til å undersøke hesten for skader burde det gå greit å snakke med forsikringsselskapet om noe var galt.

Jeg krysset fingre for at det skulle gå bra. Anette fortjente å få være med Silent videre og jeg trodde ikke at stutteriene ville være interessert i en homofil hest uansett. Det ble for mye ekstra bry med det selv om han kunne avles på.

Tabithas onkel kom sent på kvelden og eieren hilste på ham med respekt. Jeg forsto at han nesten var en guru i hestemiljøet på mange måter. De gikk inn og vi sto tett ved døra og lyttet alle sammen, det må ha sett svært komisk ut med et halvt dusin jenter presset sammen foran noen små sprekker. Jeg hørte at Tabithas onkel undersøkte Silent og han virket optimistisk men likte ikke de hovne testiklene. Eieren virket temmelig oppbrakt og onkelen mente at han skulle ta med hesten til en klinikk han kjente til for testing. Eieren gikk med på det og vi skyndte oss unna døra. Alle lot som ingenting og oppstyret gled liksom unna. Tabitha kom bort til meg og hvisket til meg. "Han vil gi dem falske prøveresultater tilbake. Onkel liker ikke at eieren er bare interessert i penger!"

Neste dag ble Silent kjørt til testing av Anette og Tabithas onkel og det var ganske mye snakk der mens de var borte. Alle mente at de som stjal Silent hadde prøvd å laste ham om men så hadde han nok stukket av vanskelig som han jo var, og funnet veien hjem igjen på egenhånd. Tabithas onkel hadde vært nøye med å ikke røpe at han kjente henne, og hadde vært svært så sikker i sin sak. De som stjal Silent hadde nok prøvd å få ham til å bedekke ei hoppe som hadde sparket ham, derfor var han så hoven. Eieren var temmelig fra seg ved tanken på alle pengene som nå ble borte og Anette trøstet ham med at han nok fikk en klekkelig erstatning. Og hun kunne saktens finne noen som ville kjøpe ham. Eieren så litt lettet ut over det. Silent kom tilbake to dager etterpå, da så han bedre ut for Anette hadde trimmet manen og halen ordentlig og småsårene og kuttene var borte. Prøve resultatene kom etter enda noen dager og svaret var temmelig klart. Silent var steril, helt og holdent og totalt. Han måtte ha fått et hardt spark som hadde skapt en betennelse som hadde skadet hele systemet. Han hadde blitt satt på medisiner selvsagt men det hjalp ikke. Silent var utenkelig som avlshest nå. Eieren fikk en svær sum fra forsikringsselskapet og var glad som en katt foran en stor skål fløte og Anette skyndte seg å presentere den mulige kjøperen som sjarmerte Silents eier aldeles ned i sokkene, pen og blond og søt som hun var. Hun fikk kjøpt ham for det som må betegnes som en slikk og ingenting siden han nå bare var brukbar som spranghest i lavere klasser og eieren hadde en ny god hest å ri. Politiet måtte bare droppe saken siden hesten tross alt var kommet til rette igjen og de ikke eide spor og eieren var fornøyd slik det nå var. Og vi jentene var kjempefornøyd også.

Vi sa aldri et eneste ord til noen om hvordan det egentlig hang sammen. Anette ble med Silent til den nye eieren og fikk jobben på rideskolen og etter noen måneder fikk vi noen bilder fra henne. De viste Silent på et lokalt stevne der han fløy i god stil over hindrene og et bilde viste Anette mens hun instruerte en liten gjeng småjenter på lubne shettiser. Hun så mye bedre ut enn før, faktisk så hun normal ut og hun smilte. Tabitha tok godt vare på de bildene og selv om det vi hadde gjort jo egentlig var ulovlig så hadde vi hjulpet noen i nød. Og det er jo unektelig verdifullt i seg selv. Silent fikk mange gode år som spranghest før han ble pensjonist og nøt en lang og rolig tid i fred og ro, og Anette ble på rideskolen og trivdes meget godt med det. Og hun ble aldri mer skilt fra Silent igjen. Betina som hadde klagd litt over at hun nå ikke hadde noen "Fin" hest å skryte av fikk en utrolig flott araberhingst av sin far, det første den hesten gjorde var å sende henne av så brutalt at hun aldri mer turte å ri og rideskolen fikk bruke Sheitan som han het. Den hev aldri mer av noen så Tabitha mente at den forsto hvordan Betina var og viste henne hva han mente om henne. Og til det var de aller fleste av hjertens enige.

Ridder Vettløs og det store showet.

Hos oss i bygda var det som de fleste andre steder, nitti prosent av de som gikk på rideskolen var jenter. De fleste i barne og ungdomsskole alder og så noen litt eldre som faktisk ville et sted med ridningen. Det var rart med det, for en del minsket interessen etter som andre interesser ble mer påtrengende. Men det var faktisk noen unntak, det var noen gutter som hang rundt stallen sammen med alle jentene. Et par tre av dem var sønner av gårdbrukere i bygda og var blivende travkusker mens to drev med vanlig ridning. Det var Eigil og Geir Ove, begge to var lange tynne gutter i slutten av tenårene og begge to var farlig gode på hesteryggen. Eigil skulle bli sprangrytter og trente svært hardt på det. Han ble jo litt mobbet for det men siden faren hans eide den fabrikken som mange der i bygda jobbet på var det ingen som turte å virkelig plage ham, Det var mer slik små uskyldige sleivspark som aldri virkelig sved. Og når en så Eigil på hesteryggen så skjønte jo alle at gutten virkelig kunne ri, det så unektelig flott ut.

Geir Ove derimot var en annen sak, han var liksom ikke noen spesiell og jeg vet at de andre gutta mobbet han nådeløst. Geir Ove stammet nemlig, og han var veldig blyg og forsiktig av seg når han var sammen med andre. Gutta merket jo det og var etter ham som en ulveflokk etter en halt rein og vi ble ofte forbauset over hvor rolig han tok det. Han visste vel ikke om noen annen måte å ta det på heller, han var ekstremt lite voldelig den gutten. Av og til sto det en gjeng med gutter langs veien når han var på vei til stallen, samtlige kjørte moped eller motorsykkel og flere røykte og hånordene fløy gjennom lufta så vi hørte det helt inn. Det vanligste var "femi-kladd" for gutta syntes visst at det å ri var jentete. Men Geir Ove var minst like god til å ri som Eigil og han var utrolig sterk på hesteryggen også. Han kunne gjøre de rene kosakk kunster og vi forsto jo at for ham var stallen et kjærkomment fristed fra mobbing og slit. Hjemme hadde han det visst ikke alt for godt heller, moren hans var hjelpepleier og jobbet vel nesten livet av seg for å forsørge familien mens faren hans var uføretrygdet og stort sett satt og syntes synd på seg selv,

Stort sett red Geir Ove ei stor grå merr som het Empress, hun var halvblods og veldig fin men svært feminin og jeg tror ikke det hjalp akkurat på mobbe problemet. Jeg tror nok at han hadde fått mer respekt om han for eksempel kjørte hest for det var av en eller annen grunn sett på som mer mandig enn å ri der i bygda. De gutta som kjørte travhest ble respektert, antagelig fordi de kunne tjene store penger om de var noe gode.

På sommeren var det vanlig at rideskolen hadde en liten konkurranse med oppvisning og greier. Det var tradisjon og de som stilte opp og så på var stort sett elever og foreldre. Det var lite folk utenfra som gadd å se på men Åge hadde bestemt seg for å endre på det dette året. Han ville trekke folk og hadde fått en ide. Det festlige var jo at han nektet å si noe om hva det var han planla og han gikk og så ut som en verpesjuk høne. Alle var jo på ham for å høre hva det var han hadde pønsket ut. Det eneste vi fikk vite var at det kom til å bli litt av et show og at det ville trekke folk fra både fjern og nær. Vi stalljentene gikk jo og nesten freste av frustrasjon, å ikke vite var virkelig plagsomt men vi måtte jo bare godta det. Men vi så at Eigil og Geir Ove virket svært fornøyd og jeg begynte å mistenke at de to hadde en slags finger med i spillet. Åge hadde alltid prøvd å få flere gutter med på å ri og vi hadde jo en liten mistanke om at dette var noe som skulle lokke gutta med på ridningen. Noen dager før oppvisningen fikk vi svaret og gjett om vi ble overrasket. Åge hengte opp plakater over hele bygda og årets hoved attraksjon var en ridder turnering. De fleste fikk hakeslepp, gruppa som kom var svært godt kjente i utlandet, de kalte seg Hellriders og var utrolig flinke. Hvordan hadde Åge greid å få tak i dem? Det viste seg at det hadde gått via faren til Weronika som var fra England. Han var professor i historie med hovedvekt på middelalderen og han hadde hjulpet den gruppa med å gjenskape noen historiske slag. De skyldte ham en tjeneste og nå hadde han krevd den inn. De var visst i landet for å være med på en middelalder festival et sted og dermed var det ikke vanskelig å få dem hit. Plakatene var flotte og fortalte at dette var ekte turneringer, de brukte ordentlig utstyr og jukset ikke med balsatre lanser og avtalt spill. Dette var farlige greier og vi skjønte det da det begynte å komme folk som skulle forberede det. De brukte ene jordet foran gården som turneringsbane og forberedte bakken ved å harve den opp, fjerne stein og blande inn sagflis i selve banen. Deretter slo de ned digre stolper og bygde en slags mur. Den var for å skille hestene så de ikke ble skadet og bygda summet nesten av alt pratet. Noe slikt hadde en aldri sett der før. Eigil og Geir Ove var veldig hemmelighetsfulle men jeg hadde en sterk anelse om at de på et eller annet vis skulle være med på oppvisningen. Dagen rant da oppvisningen skulle være. Det hadde kommet flere svære trailere i løpet av natta og de hadde blitt rigget til bakerst på jordet. Det var satt opp noen innhegninger bak der hestene til truppen gikk og jeg må si at vi jentene glante. Det var svære hester og Reidun sa at det nok var Percheron og Clydesdales det meste av det. Og så var det ridderne da, du kalte ikke de karene der femi-kladd uten å få svi for det. Det var langhårete tøffe typer alt av dem og de hadde en egen selvsikkerhet som røpet at dette var karer som kunne det de gjorde.

Det kom folk ja, masse folk og rideskolens egne folk ble jo litt nervøse kan dere tro, vi var jo ikke vant med slikt publikum til våre heller enkle kunster. Men Reidun hadde stålkontroll på alt som vanlig og klarte merkelig nok å roe ned alle de lett frynsete nervene. Vi hadde først en kvadrilje med ponni gruppa, så var det sprangridning og dressur før det var en liten avdeling med gymkhana øvelser. Jeg tror det var mange hundre der og det ble applaudert og jublet og følelsen var faktisk litt god. Det var selvsagt ridderne de ventet på og jeg så at gutta som pleide å mobbe Geir Ove var der også. De så litt nedlatende ut men jeg regnet med at det kunne endre seg nå. Omsider var der turneringen sin tur. Noen av karene red frem på hester i shabrakk og rustning og jeg så at gutta var litt imponert men uten at de riktig turte å vise det. De demonstrerte at de brukte ekte lanser ved at en person sto på en lanse som lå mellom to stoler , den bøyde seg ikke engang. Dette var ekte hemlock og ikke svakt balsatre eller noe annet som brast lett.

En var konferansier og forklarte reglene og hvordan det ble gjort. Han fortalte hvor farlig denne sporten var og at det å bli truffet av en lanse slik var som å være i front mot front kollisjon i femti kilometer i timen. Noen av gutta liksom flirte, de trodde neppe at det var så ille. En rytter grep en lanse og nå så vi at det var satt opp en murvegg i enden av bana. Den var solid laget og burde tåle en trøkk. Han red i full fart mot den og traff midt på med lansen, muren røk faktisk og steiner flakset rundt i luften og landet med smell. Det ble forsiktig klappet for noen hadde visst begynt å skjønne at dette var blodig alvor og ikke bare en lek. Ridderne kom frem en etter en og ble presentert og så stilte det første paret opp. En var starter og sto der i en flott uniform og slapp dem i gang ved å senke et sverd. Jeg syntes det så utrolig flott ut og hestene var ivrige og tydelig klare for å bruke krefter. Det første paret ut red henholdsvis en stor grå Percheron og en lysebrun en og hestene steilet og vrinsket i det de startet ut over banen. Det gikk forbausende fort og konferansieren fortalte at med mann og rustning og alt bar hestene mye over hundre kilo. Men det skulle en ikke tro, de massive hovene grov seg ned i bakken så torva fløy og den ene ridderen traff den delen av rustningen som ble kalt the grand guard på den andre med et øredøvende smell, lansen ble splintret i mange biter og forsamlingen var rimelig stille nå. Men han som ble truffet falt ikke av og rideskole elevene klappet entusiastisk. Det sto respekt av det der.

Etter litt var vi helt trollbundet og guttene også virket det for. Massive smell, fall og svette kneggende hester gjorde visst inntrykk på dem. Og ikke minst det at jentene glante på ridderne som om de var de rene skjære rocke stjerner.

Weronika mumlet noe om at hun skulle likt å se Jostein Bever som hun kalte ham gjøre noe slikt. De red flere runder og det ble klart for en finale hvor den beste skulle kåres men først skulle de vise litt hvordan en ridder ble trent. De bar ut en slags stang festet i en kasse. Øverst på stanga var det en planke på tvers og den ene enden hadde et lite skjold festet på seg mens den andre hadde en taustump med en sekk på. Det virket for at sekken var fylt med et eller annet mykt. Konferansieren fortalte at de som trente måtte klare å treffe skjoldet med lansen og ri bort fort før de ble truffet av sekken, hele greia svingte nemlig fort rundt når de traff skjoldet.

Noen av ridderne demonstrerte og nå gliste konferansieren litt djevelsk. Han glante rett på guttene som sto ved gjerdet og hang og prøvde å se uinteresserte ut. Det å kjøre motorsykkel var jo såå mye kulere enn å kunne ri åtte hundre kilo med stridshest rett inn i et smell som du visste kunne ta livet av deg. "Nå, er det noen av dere tapre unge herrer som ønsker å prøve?"

Gutta ble bleke, alle sammen. De så seg rundt etter en utvei. Konferansieren pekte rett på Kurt, han var den som alltid var verst til å mobbe og han var vel bygdas lille svarte får. Det ble sagt at han hadde et kriminelt løpeblad allerede som femtenåring og han plaget flere enn bare Geir Ove. Kurt var stor og sterk og liksom barsk syntes han selv. Alle stirret på ham og Kurt oppdaget vel til sin angst at han denne gangen ikke kunne true seg ut av en uønsket situasjon. Han virket for å krympe der han sto. "Jeg..jeg kan ikke ri"

Det kom litt tynt og konferansieren bare lo overbærende.
"Ingen fare unge herre, vi gir deg en meget snill hest!"
To digre langhårete karer kom og løftet Kurt over gjerdet, brått
så han ikke så tøff ut i det hele tatt. Den ene karen hadde fått et
kutt i kinnet av en splint og det hadde blødd men det brydde
han seg visst ikke om i det hele tatt. Jeg husker at noen av
jentene sukket betatt av synet. Kurt fikk tredd en
sikkerhetsvest ned over hodet og en hjelm og han så utilpass ut
for å si det pent. En som var væpner kom leiende med en
ganske liten svart og hvit hest jentene med en gang
identifiserte som en Tinker. Den var nok rolig og snill og Kurt
ble formelig lempet opp i salen til almen jubel fra mengden.
Han så ut som om han prøvde å se tøff ut men det feilet grovt.
Alle kunne se at han var skremt nesten ut av sitt gode skinn.
Gutta lo ikke nå, i stedet så de også skremt ut, hva om det ble
deres tur neste gang?
Kurt hadde fått med seg hvordan en styrer en hest, og han
greide faktisk å få den svarte og hvite til å lunte i riktig retning,
i et merkelig halv trav som sikkert ristet noe helt skrekkelig.
Ved banen fikk han løftet en øvelseslanse opp til seg og
oppdaget vel til sin store forskrekkelse at den slettes ikke var
så enkel å styre som han hadde trodd. Lansen var tung og
spissen svingte frem og tilbake som en pendel mens han
prøvde å styre hesten riktig. Det var temmelig stille der, ingen
sa noe og gutta holdt nesten pusten, Kurt så ut som om han
ønsket seg tjue mil vekk, minst.
Skiva med blinken på nærmet seg fort og Kurt prøvde å sikte
men det var til ingen nytte, med de håpløse bevegelsene
svingte lansetuppen minst tre fot under skiva og Kurt mistet
kontrollen helt. Han var kommet for langt frem i sitt forsøk på
å treffe og brått mistet han balansen, lansen falt forover og tok
i bakken og for Kurt ble det en ganske brutal bråstopp siden
han glemte å slippe taket. Antagelig var lansen det eneste
solide han følte han hadde å holde i og han ble rykket ut av
salen og ble hengende nesten opp ned på lansen før han mistet

grepet og gikk i bakken med et realt smell som fikk flere der til å krympe seg. Hesten steppet elegant til side for å ikke tråkke på ham og konferansieren kremtet litt spøkefull. "Og der var Ridder Vettløs nede for telling! Gi ham en hånd alle sammen, han kan jaggu trenge det!"

Folk klappet og Kurt kom seg temmelig slukøret på beina igjen, det var tydelig at han var temmelig spak nå. Det å skulle ri var visst ikke så enkelt allikevel.

Stemmen over høyttaleren kom tilbake. "Og nå, la oss se hvordan det skal gjøres!!"

Og dermed kom en stor hest skytende inn på bana med en rytter på som alle kjente igjen, det var Eigil og han red på en stor grå araber ridderne hadde hatt med seg. Han var kledd opp og bar en lansen og nå så folk hvordan dette skulle gjøres ordentlig ja. Eigil red i vill galopp mot skiva og stanga, traff midt på og stanga svingte vilt men posen traff bare tom luft for Eigil var allerede borte vekk og snudde hesten på en femøring før han kom rundt og traff enda en gang. To karer kledd i rustning kom løpende ut på bana med sverd og Eigil kastet lansen og trev et sverd fra salen før han gikk i nærkamp. Og folk fikk se hvorfor kavaleri var et slikt effektivt våpen, ved hjelp av hesten kunne han holde de to unna siden hesten sparket og steilet og hoppet mens han svingte sverdet og brølte stridsrop. Det så vanvittig stilig ut og noen av gutta var virkelig ville i blikket. Det var jo faktisk ganske kult det disse folka drev med.

Eigil og de to ridderne holdt på en stund helt til det var klart for finalen i selve dystingen og det var hva alle ventet på. Vi jentene var jo litt usikre på hvor det ble av Geir Ove, han burde jo også vise seg frem? Det ble ridd flere kamper og til slutt var det en ridder igjen som var vinneren, en kar i grønn rustning på en svær grå Percheron som stampet i bakken og tygde skum av bittet. Den gampen så kamplysten ut og gutta rygget liksom litt tilbake. Konferansieren roper ut."Sir Gilbert er kveldens vinner, om da ingen ridder er tapper nok til å utfordre ham?"

Det blir stille, den karen red vanvittig godt og lempet samtlige han red mot av hesteryggen lett som bare det. Og det var ikke avtalt spill heller, fyren er farlig god. Hadde han levd i middelalderen ville han ha vært en meget farlig fiende. Det henger et skjold fra en stolpe i enden av arenaen og for å utfordre vinneren må en slå på det med lansen, samtlige snur seg og kikker mot skjoldet og det går et gisp gjennom mengden. En ridder rider frem mot skjoldet og for en ridder. Rustning og alt er svart, aldeles beksvart, men det er lagd et stilisert løvehode på brystplaten i rødt gull. Hesten er enda mer imponerende, den største jeg har sett. Kullsvart og skinnende med enormt med man og hale og jeg tror et øyeblikk at det er en Frieser men det kan det ikke være for så høye blir de ikke. Merete hvisker til meg."Det er en blanding, Frieser og halvt fullblods og Shire"

Jeg aner ikke hvordan hun har fått vite det men det spiller ingen rolle, hesten ser gigantisk ut, den blåser i nesa og graver med beina og danser sidelengs så gutta langs gjerdet rygger vekk, temmelig nervøse. Hesten kaster med hodet, skriker, musklene svulmer under skinnet men ridderen på ryggen dens har den under kontroll, selv om den ser temmelig skremmende ut. Det er ikke en hest hvem som helst kan ri, alle kan se det. Den svarte ridderen slår lansen sin mot skjoldet og konferansieren hever stemmen. "Vi har en utfordrer mine damer og herrer, en mystisk ridder i svart! La oss se om han kan utfordre Sir Gilbert!"

De to stiller opp og det er musestille på arenaen, de to hestene graver og snøfter og brått får de signalet og raser nedover langs muren. Den svarte ridderen er god, alle holder pusten i det lansen hans treffer Sir Gilbert og brister i hundrevis av deler med et smell som et børseskudd. Gilberts lanse preller av på den svarte ridderens rustning og dermed får den svarte ridderen poenget. Det er virkelig spenning der nå, alle holder nesten pusten. De to stiller opp på nytt, det er vanlig med fem runder og denne gangen bommer begge to. Det går et skuffet sukk gjennom mengden. Den svarte hesten er en håndfull å styre, den virker nesten halvvill og det er utrolig at den svarte rytteren greier den.

På neste runde treffer begge to og begge lansene eksploderer, jeg gyser for jeg vet hvor hardt det er å bli truffet av noe slikt. De to karene er vanvittig modige som tør å utsette seg selv for det der. En liten feil og de kan faktisk bli drept, vi har sett filmer på nettet der folk har blitt alvorlig skadet under turneringer, enda til drept. Det er to runder igjen og det er spennende nå. Gutta har glemt alt om at dette er noe damer liker, de står der og følger med som om det var sluttspillet i fotball ligaen og jeg ser at de diskuterer hvem som kommer til å vinne. De to rir på enda en gang, Gilbert lanse treffer godt men den svarte bommer og Gilbert har overtaket. Skal den svarte vinne må han få Gilbert av hesten og det er nok nesten umulig. Gilbert ser ut til å sitte som limt i salen, nesten uansett hvor hardt han blir truffet.

Det er siste runde, konferansieren senker stemmen og gir signalet og de to rir på igjen, den svarte hesten steiler nesten i det den får signal om å løpe og alle holder pusten, det er mange røde ansikter å se der nå. Gilbert sikter godt, det ser ut til at han skal greie denne siste runden også men så får den svarte ridderen opp lansen og treffer Sir Gilbert med et gedigent smell, og Gilbert vakler i salen for første gang under hele turneringen. Hesten hans skjener sidelengs og dermed går Gilbert i bakken så sagmugg og jord står som ei skur. Konferansieren jubler ut. "Vi har kveldens vinner, den svarte ridderen!"

Folk klapper noe helt vanvittig, dette er mer spennende enn gymkhana eller ponni trav, dette var virkelig sport og gutta virker temmelig imponert. Et par av dem har fisket til seg noen splinter med ødelagt lanse og holder på dem som et slags trofe. Den svarte ridderen rir opp til konferansieren og får overrakt premien, en statuett av en steilende hest i noe som må være gullbelagt bronse eller noe slikt. Fin er den i hvert fall.

Konferansieren kremter og holder mikrofonen opp, hesten er så høy at rytteren sitter langt der oppe. "Og nå ærede sir ridder, kan jeg få spørre deg om hvem du er?" Alle stirrer forventningsfylt mot ridderen som sakte løsner festene på hjelmen, hvem kan det være? Det går et sus gjennom mengden da hjelmen løftes av, det er Geir Ove! Det var Geir Ove som var den svarte ridderen. Alle måper imponert og jeg er ikke noe mindre forskrekket enn de andre. Vi visste at han var god, men så god? Han ser ikke stakkarslig ut i det hele tatt på ryggen av den digre svarte hesten, tvert i mot. Han ser sterk ut, imponerende og usårbar. Noen av jentene glaner langt og jeg skjønner dem, det er liksom ikke den samme personen. Han er voksen og myndig og forventer respekt. Han løfter statuetten og nikker mot folkene. "Takk, nå får jeg ri og få roet ned Diablo før han går aldeles fra konseptene her!"

Så den svarte hesten heter Diablo, det passer godt til den. Og Geir Ove stammet ikke, ikke i det hele tatt. Gutta ser ut som om de har ramlet ned fra månen alle sammen og særlig Kurt, han har vel i dette øyeblikket innsett at han aldri noen gang kan bli en like god rytter som Geir Ove, eller bli like selvsikker og modig som han nettopp var. Geir Ove slipper hesten løs og den galopperer ut av arenaen i stort tempo, det er stille etterpå. Folk begynner å applaudere og gir seg ikke før Åge tar scenen og takker truppen for at de orket delta og takker publikum for at de orket komme. Det har virkelig vært litt av en kveld og litt av et show. Merete trekker meg til side og gliser bredt. "Jeg likte ridder Vettløs sin oppvisning best! Makan til fall har jeg aldri sett!"

Jeg må le og2så og vi følger de andre ut til stallplassen igjen. Folk står og diskuterer det som har skjedd og alle er virkelig imponerte. Åge er kjempefornøyd og nå er det brått flere gutter som kommer litt slik diskret snikende og spør om de kan få være med, bare litt slik littegrann kanskje? Det var akkurat det han var ute etter å oppnå. Og gutta blir enda spakere da de oppdager at instruktørene deres blir Eigil og Geir Ove, og de to kjører dem rimelig hardt også. Vi jentene har mange artige stunder fremover og det er ingen som sier at ridning er femi lenger heller. I stedet får det liksom en oppblomstring og det er faktisk noen fedre også som blir med.

Og Geir Ove? Han sluttet faktisk å stamme helt og ingen mobbet ham lenger. Åge kjøpte en diger svart halvblods den høsten som Geir Ove fikk ri inn og det gikk ikke lenge før vår egen Svarte ridder ble et kjent skue på middelalder festivaler og slikt. Og etter noen år ble han også med på filminnspillinger og den slags men det er en helt annen historie.

Fru Gyldenløews luftetur

På rideskolen i bygda hadde vi mange forskjellige typer, alt fra de helproffe jentene som hadde ridd hele livet og var med i konkurranser til småjenter som ikke turte opp på en hesterygg men som allikevel elsket hester og bare hang rundt stallen som en slags gjeng med groupies rundt en rockestjerne. Vi hadde en fyr som var sprangrytter der, et par tre avdanka travhester som ennå kunne gå løp om de fikk lov og en hel drøss med vanlige jenter som var innom og stelte hest eller tok timer. Og så var det foreldrene da, mange prøvde liksom å gjøre noe sammen med ungene og selv om det ofte fungerte meget bra så hendte det at noen håpefulle små prøvde å sabotere alt de kunne. Som regel kunne de nemlig klare seg mye bedre alene, og ble pinlig berørt når foreldre uten reell kunnskap kom med mer eller mindre håpløse råd om hvordan dette burde gjøres.

Gudrun som var ridelærer prøvde som regel å leke megler i konfliktene, hun fikk beordret foreldrene til å gjøre noe annet mens ungene hadde time eller prøvde å overtale dem til å bli med å ri. For noen var det nok til at de sendte ungene alene på ridetime senere, ofte til ungenes store lettelse. Noen foreldre var faktisk veldig greie og var med på alt uten å prøve å belære noen og de var jo velkomne men det hendte nå og da at enkelte gjorde det helt store. Det var nemlig ikke alle foreldre som var helt som andre.

På vårparten ble den gamle bygningen som lokalt kaltes slottet solgt, den hadde tilhørt en familie som hadde blitt styrtrike på sagbruksdrift men den hadde stått tom i fem år siden den siste i familien slo pedalene til værs på det lokale gamlehjemmet. Huset måtte selges og selv om det var stort og utrolig flott og imponerende så var det ikke i god stand. Tvert i mot. Noen mente at det sto oppe bare av gammel vane og lite mer. Så den som skulle kjøpe det måtte regne med mega utgifter til oppussing, med andre ord, vedkommende burde ha penger. Og den som kjøpte det hadde penger ja, i overflod. Kjøperen var ingen ringere enn Herr Gyldenløew som var skipsreder og hans frue. Det ble hektisk arbeid der den sommeren, håndverkere dukket opp fra fjern og nær og bygget ble totalrenovert. Det var rent utrolig hvor fort det ble forvandlet fra et kråkeslott til en virkelig flott bygning som var en pryd for bygda. Og Herr Gyldenløew greide faktisk å beholde huset slik det var på utsiden, med drageutskjæringer, merkelige løsninger og sjarme. Mange var litt usikre på om denne karen kunne bidra med noe positivt til bygda men det viste seg at han virkelig engasjerte seg og han sponset blant annet ungdomsskolens vesle korps med nye instrumenter. De gamle var så utslitt at det sjelden var mulig å avgjøre akkurat hva det var de prøvde å spille. Presten pleide å si at å ha korpset på besøk var som å få et lite glimt av skjærsilden på forskudd.

Herr og Fru Gyldenløew hadde to barn, en datter på seksten og en gutt på femten, og datteren hun var en ivrig hestejente. Hun het Vibeke og vi hadde jo litt slik bange anelser om hvordan hun kunne være å omgås. Vi ventet oss jo nesten en litt slik storsnutet bortskjemt frøken ingen ville orke å tilbringe noe tid med, men der tok vi grundig feil. Vibeke var kjempegrei, så jordnær og trivelig som noen kunne bli, og hun var aldri redd for å ta i et tak og bli skitten på fingrene. Hun hadde en hest selv som ankom en uke etter at familien flyttet inn i slottet som huset fremdeles ble kalt. Det var en stor vakker halvblodshoppe som het Phantasma og hun var virkelig skjønn og så snill at hvem som helst kunne ri henne. Kort fortalt, Vibeke ble veldig populær der fort.

Den som ikke var fult så populær var Vibekes mor, Louisa. Faren hennes som het Bertram av alle ting var også kjempegrei og jordnær og en helt vanlig kar egentlig. Men kona hans hadde visst noen griller i hodet som gjorde henne til en prøvelse å være i samme rom med. Hun var nemlig rederfrue med stor R, og familien var fin! Hun trodde visst at hun levde på attenhundre tallet eller der omkring og kunne behandle alle andre som tjenere. Louisa hadde sin helt egen mening om hva som ble forventet av en rederfrue og hun spilte rollen til perfeksjon, selv om den var utgått med minst hundre år på holdbarhetsdatoen. Sønnen i huset het Karl Olav og var en veldig koselig men litt stille gutt som elsket matte og spilte sjakk og slikt. Han kom dermed i kontakt med dattera til politimesteren i bygda, for hun var sjakkspiller og den glupeste i bygda kan en trygt si. De to møttes av og til og spilte noen partier og Karl Olav tapte som regel for Lise var farlig god. En ettermiddag satt de og spilte hjemme hos Karl Olav på stua der. Louisa var der og satt og så misfornøyd ut, hun var skrekkelig stolt av Karl Olav og prøvde alltid å overdrive hvor god han var og hvor langt han ville nå. Karl Olav hadde flere ganger fortalt Lise at han vurderte å velge en helt vanlig på golvet jobb, bare for å irritere moren som insistere på at han skulle bli lege eller advokat eller noe annet "Fint"noe.

Da Karl Olav hadde tapt tre partier sprakk det for Louisa, hun smilte litt småsyrlig og lirte utav seg noe om at han ikke trengte å være så gentleman at han lot damen vinne hver gang. Karl Olav sa som sant var at han prøvde å vinne men at Lise var for god. Louisa ville liksom ikke helt godta det, hun mente at Karl Olav var så mye finere enn Lise og hintet frempå at kanskje det var bedre at Lise holdt seg sammen med folk som henne selv? Lise var litt innful og smilte bare uskyldig mens hun pakket ned sjakkbrikkene sine. "Kjære deg, det gjør da ikke meg noe at ikke Karl Olav er medlem av klubben, det går helt bra det."

Louisa så litt forvirret ut: "Klubben?"

Lise smilte igjen, hun kunne se totalt uskyldig ut selv når hun pønsket på faenskap den jenta. "Ja, Mensa klubben, jeg regner med at det er den du mener? Er ingen andre her i bygda som er medlem skjønner du, så jeg henger gjerne sammen med de som ikke er medlem."

Da ble Louisa stum, det hadde hun slettes ikke ventet. Og hun var vel litt skamfull over at en bygdejente av alle ting hadde høyere IQ enn hennes elskede sønn. Bertram fikk høre det av Karl Olav og han bare ristet på hodet og lo. Louisa var så menn ingen fin dame for hun kom fra en familie med fiskere, og det var Bertrams oldefar som begynte med skip, han hadde vært noe så prosaisk som blikkenslager før og det fine navnet kom seg angivelig av at en av forfedrene til slekten var en adelig lausunge som nådigst fikk beholde farens navn.

Så slik var altså Vibekes mor og det var ikke så rent få ganger Vibeke klaget sin nød over hvor prikkfritt alt måtte være hele tiden. I stallen hadde hun fri fra moren og var veldig glad for det men så en dag fikk Louisa det for seg at hun skulle være med. Det var jo litt fint å ri da, til og med den engelske dronningen red jo og da måtte jo hun også kunne gjøre det? Vi hadde jo gjennomskuet fru Gyldenløew for lengst, hun var akkurat som den dama i den engelske tv serien, Hyacint Bucket eller hva hun nå het. Vi var veldig spent kan en trygt si og Vibeke og moren ankom en ettermiddag etter at ridetimene var over for dagen. Det var sent på høsten og det hadde regnet noe helt avsindig i flere uker med noen opphold innimellom så gjørme var det rikelig av overalt. Men Louisa hadde virkelig kledd seg, hun så ut som om hun var klar for olympiaden i dressur eller noe slikt. Blanke støvler med sporer, hvit bluse, svart jakke med sløyfe i halsen, håret vakkert dandert under en fin hjelm og ridepisk samt hvite hansker. Dama så smashing ut, det skulle hun ha, men gud bedre så malplassert.

Gudrun tok i mot dem iført sin vanlige bekledning på slike dager, muckboots og felleskjøpet dress. Louisa var virkelig ovenfra og nedad fra første øyeblikk, hun så på alt med nedlatende blikk og jeg så at Gudrun allerede visste at hun mislikte kvinnfolket sterkt. Men hun var proff, som alltid. Vibeke var kledd i de vanlige slitte stallklærne sine og gikk og hentet hoppa si og Louisa sto der med et litt overlegent smil og ventet på at de hentet en hest til henne også. Gudrun prøvde å være høflig, hun spurte om Louisa hadde ridd før og det kunne hun bekrefte at joda, hun var en dyktig rytter! Hun måtte jo være det for det hørte liksom med ikke sant, joda hun hadde ridd meget i sine ungpikedager. Gudrun avholdt seg fra å si at det jaggu måtte være lenge siden da og gikk inn for å hente en passende hest. Det med dyktig rytter trodde hun slettes ikke på så hun salte på Sabrina, det var en veldig pen grå fjordhesthoppe som enhver kunne klare. Hun gjorde aldri en flue fortred og var nesten umulig å få fart på samme farao hva du gjorde av tull og gærne ting. Louisa så bare fornærmet ut da Gudrun kom leiende på fjordingen. "Jeg skal ha en ordentlig hest! Ikke en arbeidsgamp, jeg vil ha noe som passer seg for min status!"

Gudrun var like ved å eksplodere, når øynene hennes ble svarte ja da var det like før det smalt og vi stålsatte oss. Hun smilte bare litt kaldt. "Javel, du får ta en titt i stallen da frue, å se hvilken du vil ha!"

Louisa strenet inn stalldøra som om hun eide stedet og stanset før hun lot blikket gli langsmed boksrekka. Vibeke sto og salte hesten sin og hun så meget tvilende ut for å si det pent. Hun ristet umerkelig på hodet til Gudrun som nikket stille tilbake, Louisa var gjennomskuet til gangs. Frua strenet oppover og stanset foran boksen til Chanel, så triumferende på Gudrun. "Nu det er en hest som passer meg!"

Chanel var en utrolig vakker anglo araber, grå med hvit man og hale og helskjønn å se på men særdeles lumsk. Du måtte være en god rytter for å klare Chanel. Du kunne sette unger på henne uten problemer, nybegynnere også, da bare travet hun rolig rundt og var from som et lam. Men sett en erfaren rytter som prøvde å være sjef på Chanel og du kunne forberede deg på et lite helvete. For den godeste Chanel lot seg nemlig ikke pille på nesa. Hun var da en dame med araberblod og regnet vel seg selv som en slags prinsesse tror jeg. I hvert fall var det bare noen få som kunne ri henne skikkelig og det var folk som var både rolige, selvsikre og meget gode til å ri. Chanel var nemlig en utrolig god ridehest for de få som klarte henne, hun gikk høyere dressur som bare det og når en så Gudrun eller Malena ri henne var det som å se på en drøm så vakkert var det. Prøvde noen andre gikk det filleveien i de fleste tilfeller. Gudrun knep munnene sammen. "Den hesten er vanskelig frue, er du sikker på dette!"

Louisa bare nikket overlegent og så sikkert allerede seg selv danse rundt på ridebanen med den vakre hesten. "Selvsagt er jeg sikker, sal henne opp!"

Gudrun bare mumlet noe for seg selv og salte på Chanel som sto og grov utålmodig i sagmuggen, hoppa var utrolig god til å lese folk og det var tydelig at den allerede hadde bestemt seg for at denne damen var en person hun ikke likte. Vibeke var litt blek og Gudrun bare mumlet et eller annet til henne, vi hørte ikke hva det var men pent var det neppe.

Gudrun leide Chanel ut til oppstigningsbukken og Louisa tok tømmene med selvsikker mine før hun mer eller mindre plumpet ned i salen på hoppa. Jeg så at Chanel allerede pønsket på noe spektakulært og krysset fingre for at ingen ble skadd. Det ville være for ille.

Louisa hyppet på hoppa som tilsynelatende veloppdragent ruslet ned til ridebanen. Louisa så veldig selvtilfreds ut og prøvde vel å se flott ut men sitsen var horribel og tøyleføringen temmelig slapp. Om hun hadde ridd i det hele tatt var det antagelig ingen dressurhest. Vibeke kom bort til meg og hun var nervøs, det så jeg. "Jeg har prøvd å overtale henne ti å la være men det nytter jo ikke. Hun har fått det for seg at hun skal være like elegant som dronningen av England, men hun kan da for fan ikke ri. Det eneste jeg vet hun har ridd var en shettis da hun var jentunge!"

Gudrun hadde fått et innfult uttrykk i ansiktet og så ned på banen med tydelig forventning. Chanel gikk et par runder som så helt normale ut men så begynte ting å skje. Louisa syntes at dette gikk for sakte og prøvde visst å samle hesten for å gå i trav. Chanel klippet med ørene og begynte å gå travers. Louisa trakk i tømmene og prøvde å få hesten til å gå rett men da begynte Chanel å rygge. Hoppa visste alt nå at rytteren ikke visste noe om ridning og nå gjorde hun akkurat som hun selv ønsket. Hun slo over i et fryktelig grisetrav som vi alle visste ristet noe enormt og Louisa hylte og prøvde å holde henne inne igjen, til ingen nytte. Nå slo Chanel over i galopp og jeg skal si at den hoppa kunne løpe. Det gikk nedover banen som om hun var på oppløpet på Øvrevoll og Louisa trakk i tømmene og hylte en del gloser finere fruer bør holde seg for gode til å bruke. Det var i hvert fall ingen tvil om at slekta hadde vært fiskere for det var heller ramsalt alt sammen.

Chanel koste seg nå, hun raste rundt i en vill fart, hoppet over et par lave hindre i farta slik bare for å varme opp og så begynte hun å gjøre små byks avløst av piruetter. Louisa hylte enda mer, nå om hjelp og hun klamret seg til seletøyet. Jeg la nesten hendene over ørene for det hun kalte hesten det egner seg ikke for gjengivelse, jeg var helt i sjokk faktisk. Vibeke sto der og så lidende ut og Gudrun gliste bredt. Jeg tror ikke jeg har sett henne se mer innful ut. Louisa begynte å bruke pisken og sporene nå, nærmest i desperasjon og dermed gikk det som det måtte gå. Chanel begynte å bli virkelig rasende. Som regel var hun bare ulydig som hun hadde vært til nå, hun prøvde sjelden å få noen av seg, denne dagen gjorde hun et forståelig unntak. Merra skjøt fart igjen rett mot det ytre gjerdet på banen. På utsida var det en ganske bred bekk som gikk flomdiger nå med gjørmevann. Det så ut som om Chanel ville hoppe over gjerdet men like før hun nådde frem bråstanset hun så gjørma sprutet fra hovene og Fru Gyldenløew gjorde en luftseilas jeg sjelden har sett maken til. Hun fløy over gjerdet og landet i bekken med et gedigent plask og et hyl hele bygda hørte. Chanel så litt overlegent på Louisa før den prustet og travet opp til stallen igjen for å bli vasket og salet av. Det var tydelig at hun hadde fått nok av slike ryttere. Vibeke skyndte seg for å hjelpe sin mor opp av bekken og jeg må innrømme at jeg lo litt. Dama var dekket med gjørme fra topp til tå og det ble ikke bedre av at naboen som driver med gris hadde tømt møkkkjelleren utover jordet sitt tidligere på dagen, mye møkk hadde visst fulgt regnet og havnet i bekken etter lukta å dømme. Vibeke skjelte faktisk på sin mor som så svært flau ut, hun prøvde å grave gjørme ut av ansiktet og Vibeke slengte et gammelt dekken over Louisa som virket for å ha blitt jekket ned noen hakk, og det til de grader.

Bertram kom og hentet de to i en varebil og fruen måtte pent finne seg i å sitte i bagasjerommet på turen hjem igjen. Gudrun spylte av henne det verste med vaskeslangen til hestene men det rant ennå møkkvann av henne og hun så ikke bra ut.

Vibeke hveste til henne rett før de stengte bildørene. "Nå håper jeg at du har lært at det ikke lønner seg å skryte på seg ting en ikke kan!"

Hun slengte igjen bildøra så det smalt og sendte et fort og oppgitt smil til Gudrun som gliste tilbake, litt slik konspiratorisk. Gudrun gikk for å stelle Chanel og det ble rolig i stallen igjen, men fru Gyldenløew viste seg aldri mer der og gjett om Vibeke var glad for det. Når det var stevner var det faren hennes som møtte opp og han var som alle de andre fedrene der. Den luftseilasen Louisa hadde gjort ble nesten en legende der i stallen og snart kjente hele bygda til hva som hadde skjedd. De fleste lo godt av det, men meg bekjent lo hovedpersonen aldri av det inntrufne.

Kanefart med komplikasjoner

Hvert år ble det arrangert en kanefart rett innpå jul her i bygda. Det var opprinnelig gamle presten som starta tradisjonen og så skjedde det som så gjerne skjer, det balet på seg og nå var det noe som engasjerte nesten alle og enhver. Tradisjonen tro startet de fra parkeringa bak bygningen som rommet politikammeret, legesenteret og biblioteket og så kjørte de en temmelig lang og svingete rute mot bygdas kirke med noen avstikkere innom det lokale gamlehjemmet og det vesle sykehuset. Der stansa konvoien så medbrakt barnekor og damekor kunne synge for de som satt der og ikke kunne være med, og så kjørte de videre.

Siden det var blitt en tradisjon var det mye de samme folkene som kjørte hvert år og noen av hestene var også veteraner i så måte. De stansa foran gamlehjemmet på sin vante plass uten at kusken trengte å si noe og sto der og nøt sangen som de andre. Ved kirka var det rigget til med en lang tjoringsbom, tepper og høy og alt hestene trengte mens folkene var inne for en trivelig og oppbyggelig stund. Sist jul hadde den nye presten overgått seg selv og tatt jobben med å arrangere et lite skuespill. Han hadde fått noen unger til å spille Josef og Maria og de tre vise menn samt noen hyrder og de hadde bygget en troverdig liten stall der. Det som var litt uvanlig var at han insisterte på ekte dyr så ei motvillig telemarksku ble halt inn i det hellige rom sammen med et esel og et par sauer. Kua og eselet oppførte seg eksemplarisk, sauene gjorde det ikke. Den ene stakk av midt i prekenen og løp overalt og gjorde fra seg og den andre begynte å utstøte et høyt og skjærende BÆÆÆ hver gang presten avsluttet en setning. Menigheten satt der og humret for seg selv mens presten ble svettere og svettere og sauen mer og med høylytt og lidende i målet.

Dette året skulle ikke den tabba gjentas, i år skulle det synges i stedet og presten hadde fått tak i et helt damekor fra en av nabo byene. De var kjent for å være meget dyktige og de skulle liksom sette prikken over I'en for hele arrangementet,

Dette året var det tjue kusker som var med, det å være en av julekuskene var en ære og det var sjelden de lot noen nye få være med men denne gangen var det to nykommere som skulle få kjøre to av veteranhestene. Alle regnet med at det gikk som smurt for de to hestene hadde strengt tatt ikke behøvd noen kusk for denne turen. De hadde tatt den minst ti ganger før og kjente ruta like godt som veien til stallen. Folk ankom med hestene sine, noen kjørte dit mens andre kom litt mer langveisfra og kjørte dyra dit med henger. Det var et yrende liv og leven på parkeringsplassen, folk løp til og fra med seletøy og pussesaker og andre strevde med å feste dombjelle kranser og annen pynt på de firbeinte. Hestene var vant med dette, de sto der og var rene engler og det var merkelig men det hadde aldri skjedd noen uventede hendelser under jule kanefarten. Hestene nøt oppmerksomheten, det var for det meste dølahester, store og trauste men også to tospann med fine grå fjordinger og et tospann med staselige Gelderlendere som en proff konkurransekjører brukte. De fleste var nesten ferdige med å spenne for og stille opp da den siste ekvipasjen ankom og flere av gamlekara spytta skråen og så både forbauset og i andakt på de nyankomne.

Det var han Iver på Marstad og hesten han brukte var ikke gamle Filiokus som alle år før, nei i år hadde han spent han selveste Marstads Jerv foran stassleden. Det var en høyt premiert avlshingst nesten enhver hesteinteressert i området kjente meget godt til, men de færreste hadde trodd at han Iver skulle bruke den å kjøre med? Den gampen var så bortskjemt som noen liten drittunge mente de, den hadde aldri smakt ordentlig arbeide i sitt liv. Iver sparte den hesten og satte den vel høyere enn både seg selv, kjerring og unger og vårherre. Jerv knegget til de andre hestene og ristet på hodet så den lange svarte manen sto om nakken. Han var så blank at en kunne speilet seg i skinnet på den og stasselen var behørig smurt og pusset. De var et vakkert syn. Han Ola på Oppigård så langt på han Iver som fant plassen sin bakerst i linja. "Jasså, du kjører storfint i dag skal jeg mene?"

Han Iver bare nikket stolt. "Må jo vise frem gromgutten da vet du!"

Det ble humret lavt langs hele rekka, alle visste hvor overordentlig stolt han Iver var av den hingsten. Jerv grov i bakken med stålskodde hover og vrinsket skarpt, det var mye energi i den hesten og Petter fra Kverna kremtet litt usikkert. "Er du sikker på at detta er trygt da?"

Iver bare gliste. "Trygt ja, gampen er stø som fjell han. Itte noe å vara så nervøs for kara!"

Den som kjørte først ut var alltid ordføreren, Jostein Lien, han kjørte en flott borket dølahest og så fort sledene var fylt med alle som skulle sitte på ble det hyppet og konvoien satte seg i rolig bevegelse. Det var virkelig en egen stemning, med fakler på sledene, knirking i kald snø fra hover og føtter og i det fjerne klang kirkeklokkene og kalte menigheten til gudstjeneste. Været var godt den kvelden også, det var kaldt for det var nesten stjerneklart og vindstille men alle var godt påkledd og forberedt.

I sakte majestet skred følget frem gjennom bygda, folk gikk etter og sang julesanger og noen frekke unger hektet akebrett og slikt bak på sledene og fikk en gratis tur. Men det var greit denne gangen, det var jo jul! De stanset på de bestemte stedene og sang noen julesanger og mang en gammal kall ble blank i blikket ved synet av alle de blanke hestekroppene. Slikt var det ikke ofte en så nå i disse bensinosende dager. Særlig han Jerv fikk mange kommentarer der den sto og viste seg frem som best den kunne, mange var klar over hvor mange løp den hesten hadde vunnet og det var nok noen der som hadde blitt noen kroner rikere på ham også. Siste strekka mot kirka gikk rimelig fort, de hadde en tidsramme å holde og hestene måtte tjores og dekken legges på før de kunne gå inn. Kjørekarene hadde liksom en egen plass på galleriet og der var det fyrt ekstra godt opp og en vennlig og omtenksom sjel hadde satt frem plastkrus og flere fulle termoskanner med kruttsterk kaffe.

Prekenen det året var god som vanlig, den nye presten var en mer moderne type som gjerne brukte litt nye vinkler når han snakket om de gamle kjente fortellingene. Han prøvde å få med seg hele forsamlingen, ikke bare de gamle og folk likte ham virkelig godt. De hadde sett sin andel storsnutete og oppesne prester så en folkelig kar var virkelig velkommen. Etterpå fikk alle som ville et krus med gløgg og så skulle turen tilbake starte. Det hadde begynt å blåse så smått mens programmet i kirken pågikk, ikke mye men det var så vidt en liten bris og noen ble litt nervøse for at dette ble en kald tilbaketur. Damekoret hadde gjort stor suksess og en av damene var søstera til kona til bakeren i bygda. Hun satt i slede nummer to i rekka sammen med sin søster og to tre andre damer. De pludret og koste seg som damer på tur gjør og a Karina som bakerkona het sendte i smug eller noe slikt rundt en liten lommelerke med noe skarpt og godt i. Hennes søster som het Ane hadde trukket pleddet godt rundt seg for hun var ikke så veldig tykt kledd, Karina sniffet litt diskret i luften.
"Det var da en spesiell parfyme kjære deg?"
At den var spesiell var ingen overdrivelse, hele kirka hadde kjent den lukten og undret seg på hva det kunne være? Hadde noen knust ei lommelerke et eller annet sted? Ane smilte søtt.
"Jeg fikk den av gubben til bursdagen min, var visst svindyr! Animal attraction heter den, kjøpte den da vi var i syden vet du. Den inneholder visst feromoner som skal gjøre en totalt uimotståelig for mannfolkene."

Karina bare nikket. Gubben til Ane var sjef for et byrå som leide ut konsulent tjenester og hadde mer penger enn det er hår på en hest, og han skjemte bort kona si. Men den parfymen var et bomkjøp måtte være for makan til ram lukt kunne ikke Karina huske å ha kjent siden sist hun var i et fjøs med en geitebukk! Følget kom i bevegelse igjen og de hadde vinden rett i mot så det ble en del snødrev. Kuskene lot hestene bestemme farten selv og det gikk støtt fremover. Men så begynte ting å endre seg, helt brått og uventet. Han Jerv vrinsket brått, et skarpt hingstevrinsk og sperret opp neseborene. Brått begynte han å trave på og han Iver skyndte seg å roe gampen ned. "Rolig nå gutten, snart framme veit du" Men Jerv ville ikke roe seg, i neseborene kjente den en lukt som for ham bare betydde en ting, og det var merr! Et eller annet sted der fremme var det ei villig merr og Jerv skulle ha henne, koste hva det koste ville. Han slet i tømmene og økte farten igjen og snart var han like oppi ryggen på de i sleden foran. Den ble kjørt av han Petter som snudde seg og så forbauset på hingsten som så som om han ville klatre over sleden og folkene og alt, med sin egen slede på slep. "Klarer du ikke å holde gampen eller?"
Iver svetta ille nå, gampen dro på som om det var løp på Leangen, nekta å roe seg ned. "Je aner ikke hva som går av han, det er da vel itte brunstige hopper noe ta detta?"
Petter rister på hodet. "Nei, bære vallaker alt i hopa"
Iver begynner å bli nervøs, Jerv kan være hard som få om den vil og han kjenner snaut hesten igjen. De andre hestene hører de ville hingste skrikene og blir nervøse, noen av dem danser litt og ruller med øynene mens andre sakker av for å snu hodene og se hva som skjer. Veien de kjører er ganske smal med høye brøytekanter, er ikke bare bare å komme seg forbi heller med brede sleder bak. Jerv pruster og kaster på seg, sleden sklir frem og tilbake og de fem som sitter i den begynner å få panikk i blikket. Skal dette her ende ille? Sleden er tung, mye tyngre enn noen travsulky men det bryr ikke Jerv

seg om nå, alt som eksisterer av tanker i hestehjernen er at den merra skal han ha. Mennesket hans kan dra alt han orker i de forbaskede tømmene, hingsten bryr seg fela om det nå. Iver skriker til Petter. "Han flyger snart ut, slepp meg forbi for faan!"

Petter legger sin slede så tett inn i brøytekanten som det lar seg gjøre å komme, hesten hans vrinsker skremt og forvirret, hva er dette? Slik pleier de da aldri å gjøre detta? Brunen ruller med øynene og bykser fremover et par kast og dermed er sleden oppe på kanten av brøytinga og aldeles på vippepunktet. Han Petter griper tømmene av alle krefter og stanser gampen men sleden må adlyde tyngdekrafta som alt annet på denna jord.

Den velter og alle fem ramler ut men ingen blir tråkka på for nå ble det ledig bane forover og Jerv gjør som han alltid har gjort når han ser ei luke på oppløpssida. Han styrter frem som en diger svart skygge og sleden er godt forbi i det de første passasjerene treffer veien. Iver skriker prooo av sine lungers fulle kraft men det hjelper lite. Han Jerv skal og vil frem og bryr seg ikke lenger om at det er smalt. De andre kuskene legger hestene sine opp mot kanten også men sleden hans Jerv slår inn i mange av dem og brått er det blitt et kaos av skremte hester og folk. De som sitter i Jerv sin slede forstår at dette ikke går, de er yngre folk alle sammen og hiver seg ut i løssnøen den ene etter den andre. Dermed blir sleden lettere og Jerv setter farta ytterligere opp. Iver er maktesløs nå, gampen har løpt aldeles løpsk og han kan ikke fatte hvorfor? Det er da ikke så ille vær at det er stall lengselen som blir så sterk, og brunstige hopper er det ikke i følget, det er faktisk ikke lov. Et par av de andre hestene er forhenværende løpshester også, de hiver seg etter Jerv og peiser på og flere sleder velter også, det lyder vrinsking og rop og fortvilet proing på opphissede dyr. Jerv sprenger frem langsmed rekka, neseborene lyser røde og bittet har han mellom tenna nå, ikke noe skal stanse ham. Han Iver skriker advarsler fremover og folkene i slede nummer to ser bakover i forbauselse. Karina ser nervøs ut. "Jeg tror minsanten at gampen hans Iver løper ut, lurer på hvorfor det?" Ane bare rister på hodet. "Jeg aner ikke, den er på vei hitover!" Nå er det fem hester som løper, flere henger etter Jerv og tror de er på banen igjen, kuskene som ennå har styring på sine dyr får dem inn til sida og holder dem steinhardt inne. Den fremste ekvipasjen svinger klokelig ut av veien der det går ned en liten gårdsvei og er ute av faresonen men sleden med de fem damene i er ennå på veien. Kusken, han Andreas på Bakke prøver å holde igjen han Bandito som godt han kan, den svære dølavallaken er ingen racer, den går i skogen om vinteren og har snaut nok gått i trav noen gang. Nå trekker den i bittet og vil av gårde, skremt av all halloien bak seg og den svarte hylende hingsten han ikke kjenner. Jerv er forbi alle sledene, nå er det bare den som Bandito trekker igjen på veien og det er faktisk den Jerv sikter seg inn på. Vill i blikket løper den bortover så snøen fyker av de kraftige beina og den følger lukta slavisk mot sleden. At den ikke ser noen hoppe der betyr ikke at den ikke er der, for han lukter henne og det er nok for han Jerv. Han iver skriker til Andreas. "Du har itte skodd noen hopper i dag?"

Andreas skor hester rundt i bygdene og det kan være at litt lukt henger igjen om han ikke har skifta alle klærne siden han var på jobb. Andreas roper tilbake. "Nei, itte på fem dager, hva fan e det som skjer?"

Iver prøver å røske i tømmene. "Det må vara no han kjenner lukta av!"

Karina måper lamslått og peker på Ane. "Parfymen, det er parfymen din!"

Han Andreas banner, han kan ikke la Jerv ta dem igjen, gudene vet hva som da skjer så han lar Bandito få frie tømmer. Den gamle vallaken rykker til og brått er den oppe i et tempo den neppe noen gang har hatt siden den var føll. Sterk som et uvær er den jo og ei slede med fem personer er snaut en ettertanke for sju hundre kilo med brutale muskler. Det går så snøføyka uler og nå får hestekara i bygda noe de virkelig kan klø seg i hodet over. Bandito holder unna for Jerv, det burde ikke være mulig men den digre gampen klarer å holde avstanden. Makan til løp har ingen sett der i bygda verken før eller siden. Ane sitter der og er likbleik og Karina hyler til henne.

"Hva sprayet du mest på?"

Ane ser forvirret på Karina som hiver teppet til side, sleden hopper og danser og truer med å hive dem ut men hun peker på søsteren med desperasjon i stemmen. "Hiv ut klærne dine!"

Ane forstår, det er lukten av parfymen hingsten går etter, om den er borte kan det hende at den roer seg ned igjen. Hun sliter av seg sjalet og kåpa og hiver dem ut av sleden og ut i snøen. Folk som har stått langs veien for å se har trukket klokelig inn på jordene men de får et syn de aldri vil glemme noen gang. Der står den fine frua og stripper i ei slede trukket av en diger gamp i vilt trav med en annen like vill en like i hælene. Det må være dette som kvalifiserer som ekstremstripping. Ane sliter av seg blusen og undertrøya og står igjen i bare bhen sin og i panikken sliter hun av seg det fotside skjørtet også og står igjen nesten naken. Det er kaldt men det bryr hun seg ikke om nå.

Jerv løper det den greier, hingsten er i god form selv om den ikke lenger går i løp og kan holde tempoet lenge ennå. Den fristende lukta er liksom overalt, den flyger gjennom lufta og gjør ham nesten fra seg. Karina stirrer bakover med stramm mine, klærne er borte i snøen men det stanser ikke Jerv, luktesansen er utrolig skarp og Ane står der og ser fortvilet og temmelig tufs ut iført nesten bare undertøy og støvler.

Karina tar en brå beslutning, lukta må vekk, uansett. Hun hiver seg over veska si og trekker frem lommelerka igjen. Det er ikke mye igjen i den men noe er det da, en ganske dyr og fin likør. Fort heller hun litt i hendene mens de tre andre damene bare sitter der vettskremt og glaner, hun begynner å gni inn søsteren sin med likør og lukta begynner å bli skarp. Han Andreas snur seg et lite øyeblikk og får et syn han seint skal glemme, der står den fine frua i nesten nettoen mens bakerkona gnir henne inn med likør. Det er slikt en vanligvis ikke ser annet enn på de filmene som går veldig sent på kvelden på litt lugubre kanaler. Han trekker øya til seg igjen og konsentrerer seg om å holde sleden på veien. Foran dem er det et veikryss, der er det mye trafikk og han vet at de ikke kan fortsette i dette tempoet helt dit, da går det galt. Men like før krysset er det en avkjøring og han bare håper at han Bandito ikke er for skremt til å adlyde ordre.

Andreas skriker til hesten som faktisk hører etter, han Bandito stoler på Andreas og tar av i en vill fart innover den smale veien. Jerv etter som en svart skygge og det dundrer i bakken av hestehovene. Andreas vet hva han gjør, han balanserer sleden med kyndig bruk av vekta si og brått er de ute av skogen og inne på en stor åpen plass. Det er bygdas travbane, enkel og uten noe særlig av fasiliteter men grei nok for bygdas egne traventusiaster. Den er ikke brøytet men det bryr ikke Bandito seg om. Han er sterk nok til å trekke sleden selv gjennom tykk snø. Det derimot er ikke Jerv, kreftene begynner å forsvinne for hingsten som blir usikker. Den kjenner ikke den gode hoppelukta så godt lenger, det er bare et svakt snev av den igjen og sleden er tung i nysnøen. Han begynner å slite nå, og Bandito trekker ifra. Da den store dølavallaken krysser mållinja for første og eneste gang i sitt liv ligger Jerv fem lengder bak og den har gått ned i ganske rolig trav nå. Bandito stopper og det gjør Jerv også, svetten siler av hingsten og den peser og henger med hodet. Han Iver er redd hesten har sprengt seg men så ille er det neppe. Han har bare hatt tidenes løpetid. Iver tjorer hingsten forsvarlig til gjerdet og Andreas gir Bandito noen reale klapp. Vallaken er også svett men har krefter igjen i massevis. Ingen fare med den karen.

Ane er blek og skjelver av kulde så Karina slenger teppet om henne igjen, han Iver blunker til dem. "Ja damer, makan til show har jeg da aldri sett noen gang før, synd jeg ikke hadde tid til å virkelig nyte det!"

Ane freser nesten til ham men skjønner det jo også, hun må ha sett merkelig ut. Etter noen minutter dukker flere opp, de har fulgt sporene og hestene har løpt av seg overskuddet nå og er slitne. Iver står der og føler seg litt flau, han klarte ikke å holde igjen hesten da det gjaldt som mest og det er nesten en skam det for en hestekar. Det blir en sakte tur tilbake til parkeringsplassen og det blir snart klart at ingen er alvorlig skadd. Det ble noen blåmerker og litt ødelagt seletøy og en knekket sledemeie men ellers gikk det forbausende bra. Som han Andreas sa det, lykken er som regel bedre enn forstanden. Det ble mye snakk i bygda den jula, ikke bare hadde den gamle vallaken greid å holde unna for den skarpeste traveren i bygda men den fine frua hadde vist halve bygda mer enn de vanligvis ville forventet å se på denne tida av året og det ble spøkt temmelig grovt med hva den parfymen var lagd av.

Parfymeflaska den gikk rett i søpla så fort Ane var vel hjemme igjen og ble aldri mer nevnt og han Iver fikk streng beskjed om at han pent fikk kjøre med han Filiokus neste år om han ville være med. Og det ble innført parfymeforbud for de som skulle sitte på i sledene. Denne typen underholdning ville ingen ha noen repetisjon av.

Pjokken og Rosebuskene.

På rideskolen i bygda hadde de en shetlandsponni som het Pjokken. Ja egentlig het han ikke det, han hadde et virkelig navn men ingen brukte det og jeg tror at bare eieren visste hva det var til slutt. Pjokken var som regel en veldig grei liten kar å ha med å gjøre, han bar ungene rundt og fant aldri på noe tull slik sett men han hadde en særegenhet som til tider var plagsom. Som så mange andre Shettiser var han et matvrak av dimensjoner. Skolen hadde hatt ham i ti år og de prøvde på alle måter å styre matinntaket til den forslukne lille karen, til ingen nytte. Før skolen kjøpte ham hadde han bodd femten år hos en gårdbruker i bygda, han var født på gården der og ungene hadde brukt ham som ridedyr helt til de ble for store og mistet interessen også. Han ankom og så ut som ei tønne på fire korte små bein og Reidun og Åge slet som gale med å få trimmet av ham noe av alt flesket.

En sommer var det en venn av Åge som lånte Pjokken, de hadde ei datter med CP og ville se om ridning kunne hjelpe. Ponnien kom i retur den høsten og fyren som lånte ham mente at han måtte være halvt geit. De drev litt med hundekjøring på vinteren og hadde masse huskyer. I låven var det et rom der de oppbevarte hundefor og de hadde blant annet flere sekker med tørrfisk der, det brukte de som godbiter til hundene og en vakker dag hadde Pjokken greid å få opp døra og gått inn. Som Karsten sa det, "Trur dere ikke at den dømrade gampen gnog i seg en hel sekk med tørrfisk, en hel sekk!"

Åge hadde vært helt sjokkert over det, for den tørrfisken lukter ikke godt, er tørr som god furuved og alt annet enn appetittvekkende. Men noen ren bombe var det ikke for Pjokken var nemlig en ekspert i å åpne dører. Det hendte ofte at han greide å komme seg ut av boksen sin og åpnet dørene

101

for de andre hestene, eller tok seg en liten avstikker på egenhånd. De måtte låse døra til forlageret med en hengelås til slutt. Den greide han ikke å lure og jeg tror det irriterte ham kongelig. Det som var underlig var at han aldri åt på seg kolikk, selv ikke den gangen han stakk av på høsten og angrep maisåkeren på nabogården fikk han kolikk, selv om han så ut som en sperreballong etterpå. Åge mente at gampen hadde en mage av puntlær eller titan eller noe annet veldig motstandsdyktig noe.

De andre hestene fikk slengt inn til seg enn passe dose med høy men Pjokken sitt høy ble nøye veiet for å hindre at han la på seg for mye. Og gjett om han klagde over det. Du fikk verdens sureste blikk fra ham når du kastet den vesle dotten med høy inn til ham hver morgen og kveld, og han fikk bare en desiliter med kraftfor og bare de dagene de brukte ham. Jeg tror Pjokken gav en god dag i om ting var spiselige eller ei, kunne det gnages eller tygges ja da gnagde eller tygde han det. Veterinæren her trodde han kunne ha tannproblemer men nei, tenna hans var perfekte. Han var bare et gedigent matvrak. Men en gang ser dere, da lagde han virkelig stor ståhei. Og jeg tror ikke noen i bygda noen gang kommer til å glemme det. Rideskolen ligger langs en vei som går innover til et småbruk helt inni skogen. Gården der rideskolen ligger var nest innerst og ytterst var det et lite boligfelt med en fem seks hus på begge sider av den. De fleste i boligfeltet var veldig greie folk, med et unntak. Det var Fru Gundersen, og hun var bygdas skrekk. Jeg møtte henne et par ganger og jeg må si at jeg skjønner at ungene var redd kvinnfolket for makan til burugle tror jeg du skal lete lenge før du finner. Hun var et digert kvinnemenneske som var bred og svær og bister. Håret var alltid lagt i en slags topp og hun skulte liksom. Og stemmen, den var som en litt skjærende nasal tåkelur, du hørte henne på en kilometers avstand, det er jeg sikker på.

Alt dette kunne jo unnskyldes men hun var liksom så utrivelig på mange måter. For det første klaget hun på alt, absolutt alt.

Om Olsen fra innerste småbruket var fem minutter for sent ute med brøytinga på vinteren sto hun der og brukte kjeft så en skulle tro stakkaren hadde begått massemord. Og det gjaldt stort sett det aller meste, klage var det hun var dyktigst til. Det hun var nest best til var å være ovenpå, mannen hennes var en stakkars forsagt tøffel ingen så noe til annet enn en sjelden gang. Han så ut som om han bar verdens sorger på sine skuldre og med den kona var det vel kanskje ikke så rart heller. Hun kjeftet sikkert høl i hodet på ham og det var et stilltiende veddemål gående i bygda om når han kom til å klikke og enten stikke av eller gjøre slutt på henne. Fru Gundersen var nemlig religiøs, i hvert fall var det hva hun påsto. Og hun var så mye bedre og finere enn alle andre på grunn av det. Det var en av de tingene hun aldri unnlot å understreke. Hørte hun noen banne, om det så var aldri så forsiktig så var hun på pletten med en tordentale om hvor de kom til å havne, og at hun selvsagt var forskånet for den skjebnen siden hun var så gudelig av seg.

Ingen likte fru Gundersen, de andre konene i nabolaget hadde syklubber og slikt men hun ble aldri invitert med. Selv hun som var øverste leder i menighetsrådet skydde dama, hun mente at selv Jesus ville hatt store problemer med å vende det annet kinn til der.

En av de tingene vi absolutt ikke likte var at hun hatet dyr. Hun synes dyr bare stinket, var plagsomme og dumme sjelløse ting skapt bare for menneskets bruk. Og hun klagde over rideskolen hver dag nesten, enten det var hestemøkk i veien eller fluer eller bråk eller for mange støyende uoppdragne unger eller hva det nå var av klager hun greide å tyne ut av seg. Hun kunne virkelig hisse seg opp og noen ganger hadde hun faktisk truet Åge siden det stinket møkk som hun sa. Hun mente at hun kunne få kommunen til å legge ned rideskolen men Åge hadde bare ignorert henne. Skolen var privat drevet og kommunesjefen sine tre døtre var av de mest ivrige rytterne der. Det var lite trolig at han ville høre på hva det sinnssvake kvinnfolket spydde utav seg.

Fru Gundersen var ikke innfødt i bygda, hun var nordfra et sted men det hørte en ikke. Hun passet på å snakke korrekt bokmål hele tiden uten snev av dialekt og nåde den som trakk frem fortida hennes. Hun hadde åpenbart fått det for seg at hun var bedre enn de andre der siden mannen hennes hadde en ganske viktig jobb nede på verftet og tjente godt. Åge mente at mannen nok ville ha foretrukket å bo i en brakke ved siden av beddinga om det hadde vært mulig. Å være i hus med det vesenet der måtte være som å leve i en krigssone. Reidun sa at Herr Gundersen hadde alle synlige tegn på posttraumatisk stress syndrom, akkurat som folk som hadde vært i krigen og det kunne nok stemme. Han så ekstremt nervøs ut de gangene jeg så ham.

Fru Gundersen hadde også en annen særegenhet, hun blandet seg bort i alt mulig. Var det ikke vel foreningen så var det bondekvinnelaget, hun skulle liksom gjøre sin kristenplikt og bidra men det eneste hun greide å gjøre var å ødelegge stemningen totalt. En gang skulle hun på død og liv være med å organisere en ungdomsfest for bygdeungdomslaget. De gikk med på det under stor tvil og de hadde rett i tvilen. Under festen begynte hun å denge løs på to ungdommer fordi de hadde kysset hverandre uten å være forlovet eller gift mens hun skrek om hor og fortapelse og hele den regla der. Lensmannen kom og gjorde rimelig kort prosess. Fru Gundersen ble ilagt en klekkelig bot for legemsbeskadigelse og overfall og på flere uker viste hun seg snaut ute.

Hun var kort sagt alltid opptatt med noe men hva det var hun gjorde ante ingen. Antagelig bare spant hun rundt seg selv uten å få noe gjort. Men hun skrøt alltid av at hun var så veldig opptatt og mente at en god kvinne aldri hvilte. Huset til ekteparet Gundersen var et av de største i bygda, en egentlig veldig pen sveitservilla med en stor hage. Og hagen, ja den var Fru Gundersens stolthet. En måtte jo faktisk innrømme at den var flott, veldig flott. Den var faktisk så fin at den vant priser hvert år og da gikk hun der og strålte og var nesten folkelig i noen uker.

Nå skulle en tro at Fru Gundersen hadde virkelig grønne fingre men nei, hun gjorde sjelden noe i hagen. Det var det mannen hennes som måtte mens hun satt der i en behagelig stol og kommanderte. Åge mente at hun lignet litt på en slik gammeldags slavedriver på en romersk galei eller noe slikt, eneste som manglet var tromma og pisken som han sa det. Herr Gundersen grov og jobbet i sitt ansikts sved og hun satt der og kjeftet så halve bygda hørte det. Ingen ting han noen gang gjorde var riktig, alt var feil! At ikke den arme mannen klikket i vinkel og smalt til henne med spaden forbauset oss vel alle.

Hun kunne være svært smiskende også, hun kom ofte krypende om våren for å be om hestemøkk til rosene sine og Åge gav henne møkk. Han gadd ikke diskutere med henne som han sa det. Men en vår gav han henne ferdig preparert hestemøkk, noen av jentene hadde blandet møkka med round-up ugrasmiddel og det svidde av alt det ble brukt på. Fru Gundersen skyldte jo på sin arme mann som ikke forsto noe og vi lo litt da, ja det gjorde vi.

Rosene ja, de var Fru Gundersens store stolthet, jeg tror de var det eneste hun elsket i verden. Hun gikk faktisk selv å beskar dem mens hun pludret og mumlet som en mor for et lite barn. Og de var skjønne, fantastiske busker av ulike typer som virkelig strålte i sommersola. Jeg husker en spesiell i sær. Den var så nydelig med store gylden rosa blomster og den busken hadde fått en førstepremie i hageforeningens store årlige konkurranse to år på rad. Det kom folk langveis fra for å se på Fru Gundersens roser og når det kom besøk i den slags ærende ja da var hun elskverdigheten selv og kunne faktisk være nesten søt og sjarmerende. Da var hun vertinne og serverte mat og drikke og rødmet av rosen uten å røpe med et ord at det harde arbeidet var utført av hennes stakkars slave av en mann.

Den store kalamiteten skjedde et stykke ut på sommeren, det var finalen i hageforeningens konkurranse og alle visste at det nå sto mellom Fru Gundersens roser og Herr Bakke-Karlsens staudebed. De var også utrolig flotte å se på og Fru Gundersen omtalte Herr Bakke-Karlsen med en slags forbitret respekt. Hun mente at han var en forherdet synder siden han levde med en samboer uten å være gift og var på puben hver fredag og drakk øl. Men planter det kunne han virkelig siden han var utdannet gartner og de bedene var virkelig mesterlig komponert med blomster som blomstret til ulike tider så de alltid var i full flor. Hageforeningens leder det året hadde fått tak i en svært kyndig dommer, en kar fra England som var adelig og noget spiss av seg. Han så da virkelig ut som en engelsk adelsmann også, i tweed dress, komplett med monokkel og stiv overleppe.

Den våren hadde det flyttet inn en ny familie i nabolaget, på den andre siden av åkrene var det også en liten veistubb og der lå det et småbruk som hadde vært nedlagt i en del år. Forrige eieren var en eldgammel kar som drev med sau men så en dag fant de ham død på låven etter et hjerteinfarkt og sauene ble solgt til en større sauebonde oppe i dalen. Han hadde ingen arvinger og bruket havnet under kommunen og til slutt la de det ut for salg rasende billig. Et yngre par fra sørlandet kjøpte det og de flyttet dit den vinteren med tre søte unger og en hel haug med store planer. De pussa opp husene på rekordtid og avslørte seg som arbeidsjern selv Fru Gundersen hadde problemer med å finne noe å utsette på. Ungene var virkelig veloppdragne og koselige og den eldste begynte på rideskolen den våren. Men sauefjøset sto jo der og var ubrukt og faktisk var det nyoppusset da den forrige eieren tok englevingene fatt så før det var gått så veldig lenge var det igjen dyr på stedet. Men det var ikke sau, neida. Fruen der ville lage sin egen lille bedrift og hadde tenkt at Mohair geiter var fine dyr, de kunne hun bruke til å lage riktig fine og dyre plagg så ti geiter ble plassert der og alt som het gjerder ble hevet til to meter og tettet så en skulle tro det var rene fort Knox. Mohairgeiter er jo kroniske til å stikke av og dette var de fullstendig klar over så de tok alle forhåndsregler. Det var til og med en slags sluse en måtte gjennom for å komme inn i innhegningen så geitene skulle neppe klare å stikke av.

Der tok de feil, grundig feil. De fikk hjelp, av ingen andre enn nettopp Pjokken. Eldste jenta der red på Pjokken ganske ofte og hun hadde en lei uvane med å gi ham en godbit og noen ganger fikk hun lov til å ri forbi småbruket siden det gikk en traktorvei der som tok en slags bue og endte tilbake på rideskolen fra andre siden av jordene. Jenta var bare sju og selv om hun var ganske så plikt oppfyllende så var hun bare sju og lot seg lett distrahere. Det var en slags tilstelning på idrettsplassen bak boligfeltet den dagen, sommerfest kalte de det og det skulle bli en tradisjon. Når det var ferdig der skulle hageforeningen samlet gå til Fru Gundersen så dommeren kunne se på hagen hennes og så skulle de kåre årets vinner. Noen mente at Fru Gundersen ville hatt godt av å bli dukket litt og spenningen var stor. Dommeren hadde uttrykt en nesten lyrisk beundring for Herr Bakke-Karlsens stauder og meningen blant allmuen var vel at det skulle mye til for å slå dem.

De fleste i bygda var derfor på idrettsplassen og selv Åge og Reidun hadde gått dit. Så da Sissel som jenta het kom dit var det bare Eigil som var i stallen for han hadde et sprangstevne helga etter han trente til. Han hjalp Sissel med å sale Pjokken og hun fikk streng beskjed om å bare ri traktorveien. Pjokken kjente ruta like godt som henne så Eigil regnet med at detta gikk greit. Sissel gjorde som hun fikk beskjed om hun, til hun skulle passere småbruket. Da ble hun var noe som tok oppmerksomheten hennes. De hadde en katt der og den hadde vært borte noen dager. Nå så hun den i skogkanten og spontan som hun var ville hun få tak i den igjen. Sissel hoppet av Pjokken og tjoret ham til et tre før hun la etter katten som selvsagt la på sprang unna, halvvill som den var.

Pjokken likte ikke å stå bundet, han hatet det faktisk og det var
bedre å bare la ham stå ubundet for da sto han som regel bare
der. Men bant du ham skulle han løs, pokker ta. Hodelaget var
litt løst og Pjokken smatt det av seg med enkelhet og trasket av
gårde for å finne noe å ete på. Og snart så han noe virkelig
godt! Eneste aberet var at det var gjerdet inn! Han hadde fått
øye på hekken med førsteklasses tørket Luserne som geitene
gikk og nupset av. Og de hadde til og med en liten automat
med kraftfor! Det var jo rene skjære festmåltidet men det var
ingen mulighet til å komme seg inn var det vel? Pjokken travet
rundt innhegningen flere ganger og prustet frustrert, han var da
stallens utbryterkonge nummer en. Nå skulle han virkelig vise
at han også var en dyktig innbruddstyv.
Geitene så forbauset på ham, de var jo som geiter flest lite
fornøyd med å være gjerdet inne men gjerdene var geitesikre.
Det var ingen mulighet for dem til å stikke av.
Pjokken fant porten, det var en krok på låsen på første døra,
den var enkel å ta fra utsida og med de lange bevegelige
leppene smatt han den opp. Den neste porten var litt verre, det
var en slik lås der en må presse ned samtidig som en trekker
opp en splint av et spor men med litt kreativt tunge arbeid og
lange tenner greide han den også. Og nå var begge dørene
åpne. Geitene utnyttet muligheten fort og raste forbi Pjokken
som raste inn og hev seg over luserne foret.
Sissel var i skogen og lette etter katten og hun tenkte ikke over
ponnien lenger, ingen av de voksne var hjemme heller og
kunne avverge en videre katastrofe. Pjokken åt alt høyet på
rekordtid og støvsugde nesten kraftfor automaten, da var det
ikke mer mat der og han skyndte seg etter geitene som nå raste
bortover veien i kaute frihetshopp. Boligfeltet var neste stopp,
de kjente vel lukta av grønnsakshager og blomsterbed.
I idrettsparken var programmet over og folk begynte å trekke
oppover veien mot Fru Gundersens hage. Hagen lå på baksiden
av huset og det var en ganske stor mengde med folk som
trasket opp langs innkjørselen. Fru Gundersen småtrippet

foran, hun hadde trukket på seg en gyselig grå kjole med blå broderier og på hodet hadde hun noe som kanskje skulle forestille en hatt. Det var som om noen prøvde å kle ut en flodhest. Bak henne kom mannen hennes med blikket i bakken som vanlig og dommeren og øverste leder for hageforeningen. Folkemengden skjønte at noe var galt da de brått hørte et forferdelig skrik, det hørtes ut som om noen ble myrdet og alle la på sprang rundt hushjørnet og stanset brått av synet som møtte dem. Det var Fru Gundersen som skrek, skrek som en stukken gris og årsaken var lett å se.

Ti geiter og en Shetlandsponni hadde greid å desimere hagen ganske så betraktelig på bare et kvarters tid. Geitene hadde tygd i seg flere flotte begoniaer og veltet alle hagemøblene. Bukken hadde stanget til den søte fontenen som sto midt i hagen så den lå knust under sokkelen sin og vannet sprutet. Det så ikke ut i måneskinn, espalier og pyntebuer var brukt som klatrestativ og mesteparten var knekt og midt i det hele, i roseavdelingen som var liksom kirsebæret på bløtkaka sto Pjokken og så veldig fornøyd ut. Det hang roseblader og greiner på ham overalt for de satte seg fast i den stri mana og halen. I munnviken hadde han roseblader og rosebuskene så ut som om en tornado hadde herpet dem. Det var ikke en eneste busk tilbake som var uskadd. Og den store vakre som var hennes stolthet var knekket helt ned, bare noen greiner var tilbake og et par geiter fullførte massakren ved å gumle i seg de siste rosenblomstene der og da. En av dem så liksom utfordrende på Fru Gundersen før den gjorde fornærmelsen komplett ved å løfte på halen og slippe et par håndfuller svarte erter på den perfekte plenen.

Dommeren hadde mistet monokkelen og sto og måpte med haken på brystet og hageforeningens leder sto der og visste visst ikke hva hun skulle si eller gjøre. Fru Gundersen skrek fremdeles, så brast det totalt for henne. Hun glemte visst alt om gudelighet, bokmål og dannet oppførsel for de glosene som nå fulgte var så avgjort nordnorske og av det særdeles rødglødende slaget. De var så heftige at selv Ole Ødegard som var nordlending og hadde jobbet på havet der i mange år så sjokkert ut.

Fru Gundersen skrek og vrælte så stygt at noen begynte å bli redd for at hun skulle sprenge et blodkar eller noe. De kunne knapt tro hva hun kalte geitene og Pjokken og noen trakk ungene sine med seg vekk fra dette. Geitene tok det med knusende ro med unntak av bukken. Den blåste i nesa og likte ikke dette kvinnemennesket som sto der og lagde stygge lyder. Den senket hodet og gikk i nærkontakt og Fru Gundersen ramlet på baken rett opp i det som var igjen av fontenen med et plask! Da var det at det største sjokket skjedde den dagen. Herr Gundersen hadde bare stått der med et merkelig tomt uttrykk i øynene, nå lente han seg litt forover og ingen visste helt hva han nå kom til å gjøre, besvime?

Han begynte å le, først var det bare en svak hikstende fnising, så ble det sterkere og sterkere og den vesle krumbøyde karen rettet seg opp og latteren ble rungende og fulltonende. Han lo så han brølte og avslørte at han faktisk hadde en veldig kraftig og dyp stemme ingen hadde hørt på mange herrens år. Det var nesten det mest overraskende av alt den dagen, at saktmodige Herr Gundersen faktisk hadde mot til å le i en slik situasjon. Fru Gundersen lå der og vrælte og til slutt hjalp to av damene fra sanitetsforeningen henne på beina. Hun la beina på nakken og forsvant inn i huset og mannen hennes sto fremdeles der og lo og gliste. Han klappet en av geitene kjærlig på hodet og rakte den en av de siste rosene som var tilbake og den tygde den i seg som det rene trofe. Dommeren fikk ikke frem et ord og folk ble bare stående der til lensmannen som også hadde vært på tilstelningen beordret folk hjem. Noen ble for å rydde det som ryddes kunne men det var lite. En ringte fylkeslegen som kom og gav Fru Gundersen noe beroligende og Herr Gundersen var brått en helt annen mann.

De fant jo ut hva som hadde skjedd men ingen la skylda på Sissel stakkar, hun var så lei seg men hun ville jo bare ha tak i katten og hadde helt glemt at Pjokken alltid slet seg. I bygda lo de mye den dagen, de var sjokkert jovisst men innerst inne frydet de seg. Det å se at den skinnhellige Fru Gundersen sprakk og glemte alt hun selv preket var kostelig. Som vanlig fikk ikke Pjokken noen men av alt han åt og Åge halte ham hjem uten helt å greie å skjule at han fremdeles humret for seg selv. Geitene ble fanget inn igjen og behørig arrestert og nå ble det hengelås på døra også. Fru Gundersen viste seg ikke for folk på en hel måned, hun hadde hatt et lite sammenbrudd mente legen, og den neste vinteren reiste hun og mannen til Spania for å hvile. Og hun ble der nede, det virket for at sjokket hadde vekket mannen i Herr Gundersen og han lot seg ikke herse med lenger. Fru Gundersen orket ikke å møte folk som hadde sett henne eksplodere på den måten og hun var på ingen måte savnet. Herr Gundersen derimot blomstret opp og ble en av kara igjen og da det dukket opp tre flasker med meget dyr konjakk på trappa til Åge den jula var det liten tvil om hvem den kom fra. Og Pjokken? Han fikk en hel kasse med epler og et splitter nytt dekken med et fint rosemønster på.

Noe til... hund?

Om sommeren pleide vi å arrangere litt lengre turer med rideskolen, slik rundt i bygda for det meste. Det var som regel en liten hærskare med ivrige småjenter som stilte opp og så var det å fordele hestene og håpe at ingen ble alt for skuffet. For alle hadde jo sin spesielle favoritt. Åge pleide å velge ruta og som regel red vi langs gårdsveien til vi hadde passert boligfeltet og så tok vi av på en mindre brukt sidevei og red i en slags vid sirkel gjennom skogen før vi snudde ved et tjern der og red tilbake. Stort sett gikk det helt fint men så en dag endret ting seg. Vi fikk en ny nabo i boligfeltet. Det var jo koselig det for ingen liker å se tomme hus som bare står der men de nye naboene gav oss et problem. Ikke for det, de var voksne og hyggelige folk men de hadde hunder!

Når en driver med hest vet en jo at en hest kan bli skremt av det utroligste og at selv den støeste og roligste gamp kan tilte. Det er noe som er preget inn i ryggmargen på enhver som omgås de store dyra. En kan aldri føle seg helt trygg på dem uansett hvor vante de er. Alle hestene hos oss var vant med hunder, de reagerte sjelden på dem og stort sett ignorerte de bikkjer som bjeffet eller prøvde å komme nær for å snuse. Det nye paret i boligfeltet var midt i femti åra eller noe slikt, de het Mikael og Elise og var egentlig hyggelige som bare det. Mikael hadde to digre hunder jeg tror var Leonbergere, svære var de og veldig veloppdragne så de var det aldri noen problemer med. Var Mikael ute å luftet dem når vi kom ridende fikk de beskjed om å sitte og så satt de der til vi var forbi. De prøvde ikke engang å bjeffe. Åge roste virkelig Mikael for de rolige og veloppdragne hundene og Mikael satte pris på det. Det var tydelig at de var hans store stolthet og glede.

Det var Elise sin hund som var problemet, det var en slik liten gulvmopp lignende sak som raste rundt og gneldret uavlatelig. Jeg aner ikke hva slags rase eller raser det var i den men den var nesten komisk med den lange flagrende pelsen og de korte beina. Og sløyfe i panneluggen, selvsagt rosa. Uten den ville vel ikke bikkja ha sett noe som helst. Mikael betrodde seg til Åge en gang om at Elise så på den forvokste polvotten som det barnet hun aldri fikk og bikkja var av den grunn totalt uten disiplin. Hun forsto godt hvordan Djerv og Simba skulle dresseres og hadde godt grep på dem, men lille Flink var jo så liten, og så søt, og så uskyldig og kunne ikke gjøre en flue fortred og så videre og så videre. Hun hadde overhodet ikke bakkekontakt hva den bikkja angikk. Som Åge sa det første gang han så den. "Ja det var noe til...hund?"
En kunne jo nesten lure på om det var en slags kortøret kanin, eller kjempehamster eller noe slikt. Men problemet med Flink var at den var direkte mannvond. Den glefset og bet etter alt og alle, bjeffet og raste og virket for å hate hele verden. Åge mente at bikkja hadde fått for frie tømmer og følte seg usikker, hunder liker å vite hvilken plass de har i flokken og ørvesle Flink var tydeligvis overbevist om at han var alfaen i den familien.
Og Elise lot ham løpe fritt, det var faktisk ikke lovlig men hun brydde seg ikke om det, for han var jo så liten stakkar. Han jagde katter og andre kjæledyr som den verste og iltreste rottweiler, bet postbudet i foten flere ganger og en gang så jeg at stakkars gamle enkefru Nilsen på fem og åtti sto der med gåstolen sin og desperat prøvde å dytte det glefsende lille beistet unna seg. Hun skulle nok hente avisene men det kunne hun bare glemme, det beistet slapp henne ikke forbi seg.
Visst klagde folk, men det prellet av som vann på gåsa og mange begynte å bli temmelig frustrert. Jeg vet at sognepresten som bodde i den store villaen i enden av ene veien der seriøst overveide å anmelde hundeholdet der enda det ville skape uvennskap i nabolaget og siden presten var en uvanlig fredsæl

kar som stort sett alltid vendte det annet kinn til så sier det en del om hvor ille det var. Folk turte ikke slippe ungene sine ut alene, for Flink satte gladelig tenna i dem også, den gikk på med dødsforakt og rev og slet der den kom til. Venninna mi som heter Merete mente at Flink var det beste eksempelet på at hunden virkelig nedstammer fra ulvene, bortsett fra at ingen ulv ville oppført seg på den måten. Det var merkelig å tenke på at den hårdotten skulle være nærmere i slekt med de store flotte ulvene enn menneskene er med sjimpanser men slik var det faktisk. Noen ganger er naturen bisarr.

For oss på rideskolen var Flink et enda verre problem, han gikk etter hestene. Kom vi ridende var den vesle hårdotten der med en gang, vilt bjeffende og så sint at den nesten spyttet. Åge mente at bikkja var ekstremt nervøs eller så hadde den blitt mishandlet og blitt utrygg av det. Flink raste rundt hestene, prøvde å bite dem i beina og skapte totalt kaos i rekka. De færreste av rideskolehestene sparket, det var liksom et kriterium for å være rideskolehest at de var sikre slik, men nå begynte de å lange ut, og vi likte det ikke. Begynte først en hest å sparke fortsatte den gjerne med det, og det merkelige var at de aldri traff bikkja heller. Den smatt unna de verste spark og fortsatte med angrepene. Helt hysterisk var vel utrykket som best beskrev oppførselen til hårballen. Elise mente at det ikke var så farlig, i hennes øyne kunne ikke Flink gjøre noe galt og Åge bannet mer enn en gang og mumlet mellom tenna et eller annet om hagle og nødverge.

Den som var verst rammet av dette problemet var gamle Trygg, dølahesten som var stallens roligste og støeste hest. Han hadde bare en svakhet og det var små hunder, han var livredd dem. Så etter noen stygge nesten ulykker måtte vi la Trygg stå igjen på stallen og det var synd for han roet de andre hestene ned bare ved å være der. En gang var det ei jente som ble kastet av og en annen gang løp han ut og endte opp i et nettinggjerde, fullstendig paralysert av frykt.

Åge klagde og Mikael unnskyldte seg som best han kunne, han prøvde nok å snakke til kona men hun hørte ikke på det øret. Når Flink raste rundt hestene og gneldret så hestene la på ørene og rullet med øynene var det bare søtt i hennes øyne, hun mente at Flink bare ville leke. Både Åge og Reidun mente at det beste hadde vært om en av hestene helt slik uheldigvis greide å sparke til bikkjehelvete så den tok snarveien til de evige jaktmarker. Både Åge og Reidun elsket dyr så en slik uttalelse satt langt inne.

Men Flinks terrorregime skulle komme til en betimelig ende, da høsten begynte å nærme seg fikk vi som regel et par tre nye hester i stallen. Det var en landbruksskole i nabo bygda og det hendte at elever der hadde med hester men skolen hadde ingen egen stall så dyrene ble plassert litt slik rundt omkring. Denne høsten fikk vi to slike hester på de ledige utleieboksene. Det var elever som eide dem og den ene var en ganske stor blakk merr av ubestemmelig rase mens den andre var en imponerende vallak som hadde vært en meget høyt premiert dressurhest. Den var halvt lippizaner og halvt Hannoveraner og mørk brun og helskjønn. Nå var den pensjonist men var fremdeles veldig sprek og utrolig fin å ri og alle elsket ham nesten fra dag en. Tigers Pride som han het var nok litt egen, den lot seg ikke herse med for å si det slik og ting skulle være på stell om den herremannen skulle være fornøyd men det var jo greit med tanke på hva den hesten hadde oppnådd. Hun som eide ham skulle bli proff dressurrytter og var i stallen stort sett hele ettermiddagen hver eneste dag. Hun skoftet i hvert fall ikke unna og var en ren virvelvind til å jobbe. Åge var sjeleglad for hun hjalp til med elevene og med stallarbeidet og det trengtes for Reidun var litt sjaber den høsten med isjias og en betent skulder.

Vi fortsatte med turene og nå prøvde vi å legge tidspunktene til de tidene på døgnet da Elise var på jobb, men av og til slapp hun bare Flink ut og lot hunden løpe fritt hele dagen. De dagene fikk vi jo et problem, igjen. Så en ettermiddag ble

Emma og Tigers Pride med på turen, hun skulle lede dagen etter for Åge skulle på et møte så hun måtte lære ruta. Tiger som vi kalte ham nå gikk helt nydelig foran i rekka og var verdens mest veloppdragne hest virket det for. Vi red gjennom boligfeltet og det var stille, jeg husker at jeg trakk et lettelsens sukk for vi hørte ikke noe til Flink. Jeg regnet med at hunden var inne den dagen, men akkurat i det vi passerer et hjørne kommer den hvite hårballen rasende ut av en hekk og begynner å gneldre aldeles rasende mens den sikter seg inn på beina til Tiger. Tiger stepper elegant til side et par steg og ser ned på den iltre vesle hunden, det virket ikke for at hesten ble skremt i det hele tatt. Flink gneldrer enda sintere og ragget står langs ryggen på den, det er nesten så den fråder så sint er den. Emma virket litt betenkt men Tiger var visst ikke som hester flest. Den ble ikke skremt av den rasende vesle hunden, tvert i mot. Tiger ble sint! Han la på ørene og flekket tenner og de aller fleste ville rygget vekk når en hest på seks hundre kilo ser slik ut men Flink var tydeligvis overbevist om at han var den største der for han spratt enda nærmere og prøvde å bite Tiger i beinet.

Det som så skjedde var egentlig så sjokkerende at jeg snaut skjønte hva jeg så. Raskt som et lyn senker Tiger det enorme hodet og smekker tennene sammen om nakkeskinnet på bikkja. Vi hører et øredøvende gaul som blir ville skrik i det hesten løfter hunden klar av bakken og slenger hodet rundt i en sirkel så bikkja suser rundt som et missil. Han har et realt grep i skinnet på Flink som ikke klarer å gjøre noe, den bare henger der og hyler hjerteskjærende.

Tiger kaster hodet opp og ned noen ganger så det blir noen reale rykk og så slår den ut med nesa og kaster Flink bortover veien så hunden går kast i kast i grusen. Flink kommer seg på beina, usikker på om den skal være skremt eller sint men Tiger avgjør det valget for den. Hesten vrinsker høyt og legger etter Flink som brått må løpe for livet med den svære brune vallaken like i hælene. Og nå får Flink virkelig lære hva det vil si å ha løpetid for de små beina må gå som trommestikker mens han fortvilet prøver å holde unna for hesten som åpenbart er fast bestemt på å gi hunden enda mer juling. Emma greier ikke å styre Tiger, hun må bare la hesten gjøre som den vil og den jager bikkja gjennom hele boligfeltet, opp den bratte bakken mot ungdomsskolen og ned igjen mot branndammen til eldrehjemmet.

Der finner Flink omsider en liten åpning i et gjerde og smetter igjennom og borte er den som en ånd i en fillehaug. Tiger pruster stolt og fornøyd og traver rolig tilbake til de andre hestene og vi kan avslutte turen i ro og fred.

Vi var jo spent på om dette kom til å ha noen effekt på Flink og mirakuløst nok, det hadde det. Det var brått en helt annen hund. Flink bjeffet aldri mer etter hestene, i stedet løp den og gjemte seg når den så noe som så mye som minnet den om en hest. Og den stoppet helt med å gneldre og glefse. Elise ante ikke hva som hadde gått av hunden, han var da ikke slik før, men vi andre vi var jo bare glade for forandringen. Tiger hadde visst ristet fornuften tilbake dit den skulle være mente Åge og de årene Flink hadde igjen ble tilbrakt i relativ fred og harmoni. Den hadde visst lært at den ikke var sjefen tross alt og den prøvde aldri mer å leke tøff. Det var nok å vrinske til den, så løpe den og gjemte seg. Kanskje Flink ble en tristere hund av dette men en ting var sikkert, nabolaget ble innmari mye mere fredelig.

Klaskeren.

Veikroa som lå langs hovedveien var viden kjent. For det
første hadde den mat som var så god at det ble sagt at
trailersjåførene gladelig kjørte noen mils omvei bare for å nyte
en bedre middag der. For det andre var det virkelig en trivelig
liten kro med en egen huslig sjarm. Eieren som het Guri var en
utrolig kokke og meget bestemt av seg, alt skulle være på stell
og hun kunne være temmelig stri men overfor trailersjåførene
var hun som alles kjære gamle mamma. Hun så til at karene
fikk den maten de trengte og var rask til å si ifra om hun mente
at de trengte mer enn bare en kort stopp. Ingen forlot det stedet
før de hadde fått seg en liten lur om de trengte det.
På kroa jobbet det en fem seks kjøkkenjenter samt et par karer
som var altmuligmenn, De hadde også et par vaskekoner som
tok seg av de tolv rommene som var til leie. Det var oftest
trailersjåfører og oljearbeidere på vei hjem til to ukers ferie
som brukte dem, samt en og annen stakkars bilist som brått
innså at kroa var siste sted på mangfoldige mil der en kunne ha
håp om å leie en real seng for natta.
Kroa var ikke stor men det var alltid folk der, mange av de
lokale kom også dit for å spise eller bare sitte å snakke og kose
seg. Og Guri så til at alle ble servert og at ingen manglet noe,
de fleste karene som var fast inventar der var på fornavn med
hele staben og de var som en slags utvidet familie bundet til
veien som bant vest og øst sammen. Hos Guri fikk karene vite
nyeste nytt om veiforhold over vidda og om de trengte hjelp til
å legge på kjettinger eller noe slikt stilte stedets karer gladelig
opp. Så kroa var et godt sted, et sted der alle koste seg, det vil
si, alle koste seg helt til en ny kunde begynte å dukke opp
rundt to tre ganger i uka.

Den nye kunden fikk fort tilnavnet klaskeren, han hadde en stygg uvane med å klaske kvinnfolkene på baken, hardt og frekt. Klaskeren var ansatt i et elektronikkfirma og kjørte mye og da stanset han alltid der på kroa og var generelt en pest og plage. Serveringsjentene hatet ham og han klasket også kvinnelige gjester på baken. Klaskeren hadde en helt egen teknikk også, slaget kom liksom litt nedenfra så baken disset på de litt fyldige og siden klaskeren var en liten tass av en kar fikk han god vinkel også. At mannfolk klasker damene på baken kan jo til tider bare være sjarmerende men det var det ikke når han gjorde det, for klaskeren slo virkelig og han var generelt sett utrivelig. En småfeit liten fyr med gammal skjeggstubb, en stank av gammal svette tjukk som havtåke, brilleglass tjukke som bånn i colaflasker og en hentesveis som ville gjort Donald Trump grønn av misunnelse. Og han gliste alltid, et slikt småsleskt glis mens øya hang på alle hunnkjønn til stede som om blikket hans var låst til dem. Og han svettet, svettet så det rant nedover den runde pannen og han tørket den stadig med et lommetørkle som så ut som om det hadde vært uvaska siden invasjonen av Normandie.

Det virket som om klaskeren virkelig trodde at alle damer bare elsker å bli klasket på baken i alle tenkelige situasjoner og antagelig hadde fyren et kvinnesyn som ville gjort en erkekonservativ mullah rimelig stolt. I det minste oppførte han seg slik, serveringsjentene ble konsekvent tiltalt som "søta" "Søtsaken" "honning" eller enda verre "Tøs". Guri kunne han til nød titulere som "Frue" men andre damer ble av og til nærmest fanget i et hjørne mens denne lille mannslingen hvisket diverse utrivelige forslag til hva de kunne finne på sammen og hva han kunne tenke seg å gjøre med henne. Serveringsjentene nektet plent å forlate kjøkkenet når Klaskeren var til stede og karene serverte i stedet. De andre gjestene likte ham ikke heller, han ødela stemningen og Guri var på nippet til å ringe lensmannen og anmelde fyren for trakassering men han betalte jo for seg og var stort sett bare der noen korte timer. Uansett så la damene lavt i terrenget mens han var til stede.

Klaskeren holdt dermed på lenge helt til en vakker dag da alt brått endret seg. Klaskeren var nemlig svært svaksynt, og jentene spøkte ofte med at han var blind som en flaggermus uten de tjukke brillene. De mente for øvrig at Klaskeren garantert var jomfru for ingen dame ville vel ha noe med det der å gjøre. Klaskeren ankom en sen onsdagskveld i en høststorm som virkelig rev i trærne og fikk trailerhengerene som var parkert på parkeringsplassen til å svaie. Det regnet horisontalt og alle var glade for at de var innendørs. Det lød et svakt og kollektivt stønn fra stab og gjester da døra gikk opp og Klaskeren ankom. Han gliste til Guri og siklet etter en av serveringsjentene som hurtig søkte dekning bak disken. Trailersjåførene sendte fyren noen stygge blikk, de flørtet gjerne med jentene men aldri på en slik måte. Han var ille ansett også av karene og det hadde vært på nære nippet at de ikke tydde til håndgripeligheter ved et par anledninger.

Klaskeren går til disken for å bestille mat men ved et lite skjebnens lune sklir han i en vanndam på golvet og mister brillene i golvet. Ingen tilbyr seg å hjelpe og Klaskeren famler rundt på golvet en god stund før han finner brillene og famler gjennom lommene for å finne noe å tørke av dem med. Det han finner er det skitne fete lommetørket så det kunne umulig gjøre situasjonen bedre. Han står der på kne og pusser briller ivrig da noe brått dukker opp i Klaskerens synsfelt, hvor begrenset det enn er. Selvsagt ser han ikke klart, han ser bare det uskarpe omrisset av et pent rutet skjørt og et par bein med høye hvite strømper som går forbi og instinktene lar seg ikke stanse av den ubekvemme situasjonen. Han slår til, klasker neven i den passerende bakenden med et realt sving med armen. Men reaksjonen denne gangen er uventet, ikke noe hvin eller fornærmet snøft.

En grov stemme høres brått fra oven og han er plutselig formelig omringet av slike skjørt og hvitkledde legger.
"What's yer doing ya goddam wanker?"
Klaskeren får på seg brillene, rundt ham står en sirkel av mannfolk, og ikke bare det. De fleste er meget røslige og hårete. På skjortene de bærer over kilten står det med store bokstaver. "Edinburgh historical battle reenactment group" Klaskeren stirrer med store øyne på en særdeles rasende kar på en nitti, og han innser at han har gjort en gedigen tabbe. En av karene bærer faktisk på et claymore sverd og Klaskeren rekker å tenke at det må være en replika før noen griper ham og hiver ham på beina. "Right guys, let im ave it"
To minutter senere vakler Klaskeren ut av døra og ut i øsregnet, desperat etter å komme seg vekk fra denne situasjonen. Skjorta er revet i fillebiter, han blør neseblod og brillene er knekt. Hentesveisen er det bare rester igjen av og et par tenner har sagt adjø til eieren. Han hadde kort og godt fått en god og grundig omgang gammeldags juling og det i løpet av to minutter blank. Klaskeren vakler ut til bilen sin og forsvinner og etter denne episoden begynte han å bruke en annen kro der lensmannen tilfeldigvis også pleide å spise. Kort fortalt gikk det bare to uker før Klaskeren havnet bak lås og slå og måtte dele celle med en svær kar som ble meget interessert da en betjent tilfeldigvis røpet hva Klaskeren drev med. Det viste seg at han hadde en kusine som jobbet på Guris kro og om omgangen skottene gav ham var ille var det barnemat i forhold til hva som nå ventet.
Og på Guris kro ble skottene som hadde søkt tilflukt fra uværet applaudert og fikk middag og drikke gratis samt at de ble ønsket hjertelig velkommen tilbake når som helst. Klaskeren kom aldri tilbake dit og Guri hengte for sikkerhetsskyld opp et skotsk flagg ved døra, bare som en liten påminnelse om hva som kunne ventes om en viss person noen gang satte beina innenfor døra der igjen.

Gliset

Det var ingen som merket seg ved henne der hun hastet nedover gata i sin grå kåpe med hetten trukket godt frem over hodet. Været var grått med antydning til regn og ingen tenkte stort over hvem de møtte, og om de gjorde det så de bare en litt stresset middelaldrende kvinne med en stor veske. Antagelig en husmor på vei hjem til mann og barn etter en hard dag på jobben, eller kanskje en enslig dame på vei hjem til et tomt og ensomt hus. Hadde noen forbipasserende sett nærmere på den tilsynelatende uskyldige damen ville de kanskje ha merket seg ved et litt besynderlig glimt i øynene hennes, et hint av noe som nesten lignet galskap.

Hun skyndte seg langs gaten, holdt blikket på asfalten foran seg og knuget vesken tettere mot kroppen, hun ristet svakt av noe som kunne være hysteri og under trykket latter. Hun hadde gjort det, hun hadde hatt mot til å gjøre det hun så lenge hadde ønsket. Hun ante ikke hva det var som hadde vært den endelige utløseren men det kunne ha vært den opptredenen på tv. Hun hadde sett det ved en tilfeldighet, hadde bare skrudd på tv apparatet og der hadde han vært, slesk som alltid før, glatt som en slimål og med det vante gliset klistret om kjeften. Det gliset, hun hatet det gliset. "Se på meg "sa det, "Se meg og beundre meg"

Hun var forundret over at hun ikke hadde knust tv apparatet der og da, men hun hadde besinnet seg. Hun hadde ikke råd til noen ny, i det hele tatt hadde hun ikke råd til så mye for tiden. Den vesle leiligheten var enkel og spartansk innredet og hun hadde ennå ikke lykkes i å få en ny jobb. Hun var for gammel, det var sannheten. Avblomstret! Og alt var hans skyld, hans skyld! Hun hadde hatt en fremtid, en utdannelse og verdighet ikke minst. Hun hadde vært god i jobben, svært god faktisk. Og så hadde han kommet og sveipet henne av føttene med sin

stormkurtise og sitt alt for hvite glis. Hun hadde vært
utilgivelig naiv, hadde trodd at alt var bra, at livet fremover
ville bli bare fantastisk. Men snart hadde de andre sidene ved
ham vist seg og hun hadde følt seg fanget. Ikke ville han ha
barn for de ville ødelegge de dyre møblene og skitne til luksus
villaen, hun møtte spille rollen som vertinne både titt og ofte
og spille den bra og nåde henne om hun ikke presenterte
gjestene med en fullstendig perfekt fasade. Og det gliset, alltid
det gliset. Det vellykkede "jeg vet best "gliset som hun hadde
beundret i begynnelsen. Men ikke nå lenger.

Hun hadde holdt ut i flere år enda hun snart forsto at han hadde
andre kvinner, tappert holdt hun munn og smilte ved siden av
sin vellykkede og flotte mann, joda fasaden var skinnende ren.
Og så kom han bare en dag med skilsmisse papirene, krevde at
hun skrev under og i sjokk og sorg gjorde hun det, uten å
virkelig forstå hva hun skrev under på. Hun hadde vært for
naiv også nå, hun ble sittende igjen uten rett til noe som helst,
bare noen få personlige eiendeler han foraktfyllt nærmest hev
ut av huset siden de aldri hadde passet inn i stilen hans.

Hun var ikke lenger så flott å se på, falmet kunne en kanskje si.
Men nå hadde vreden fått huden til å gløde igjen og hun gikk
med større spenst i steget. Nå spilte det ingen rolle lenger, om
de fant henne og kastet henne i fengsel hadde hun i det minste
hevnet seg. Det gliset ville aldri mer forlede noen. Hun visste
at hans nye flamme var en modell på et par og tjue som
antagelig besto av ca tjue prosent silikon og resten botox og
filler. Et overhengt juletre var hva hun tenkte da hun første
gang så et bilde av ham med fangsten i et av de store sladder
bladene. Kastet du den dama på ei glassdør ble hun hengende
fast med de leppene, det var ganske så sikkert og visst. Og
jenta hadde sett så tilbedende på ham, som en apostel på sin
frelser.

Hun gjennomskuet det, selvsagt gjorde hun det. Vesle frøken
modell så bare et fett glis og masse penger, hun hadde giftet
seg med gull kortet hans, ikke med mannen. Vel, de fikk se

hva som skjedde nå, om vesle frøken sexy hadde skrevet under på en like elendig ekteskapskontrakt som hun selv hadde gjort for snart tretti år siden. Det skulle bli spennende å se! Hun gikk rolig gjennom parken, som ventet var det ingen der på denne tida av døgnet, folk var for opptatt med å komme seg hjem til middag eller til barnehage og skole for å hente de håpefulle. I skyggen bak et stort grantre sto en søppel container og fort rev hun av seg den grå parykken og hev den inn sammen med den grå kåpa. Under hadde hun en vanlig elegant rød kåpe som var så moderne nå at nesten annenhver kvinne gikk i en. Hun plasserte en liten lys hatt over det mørkeblonde håret og la vesken i en handlepose fra en klesforretning. Brått så hun ut som en ganske annen person. Antagelig ville de finne ut av det etter hvert, de gjorde jo som regel det, men hun aktet ikke å gjøre det for enkelt for dem heller. Hun undret seg på hva straffen ville bli? Uansett, det spilte ingen rolle, gliset var borte, borte for all fremtid. Det gjorde det verdt det.

Hun var forundret over sitt eget mot, og sin egen besluttsomhet.

Men nok var nok, hun visste at hun måtte få en ende på det, bli kvitt det en gang for alle. Hun husket det meste fra jobben sin ennå, og klinikken var fremdeles der i det gamle bygget bak brannstasjonen. Lite hadde endret seg og hun visste hvor de oppbevarte medisiner og utstyr, det hadde vært enkelt å snike seg inn gjennom den vesle branndøra de aldri låste i arbeidstida og raske med seg det hun trengte mens de ansatte spiste lunsj. Hun hadde følt seg merkelig levende der og da, som om hun var fylt med en underlig ny energi som gav henne ungdommen tilbake. Resten av forberedelsene hadde vært verre men hun hadde klart det. Hun hadde ennå en nøkkel til garasjen og timeplanen hans var lett å få tak i fra sekretæren hans. Det var bare å fordreie stemmen litt og late som om hun var en journalist som ønsket et lite intervju angående planene om en ny hovedvei. Den ville rasere et boligfelt og et eldresenter men hvem brydde seg vel om det? Hun hadde sett ham i avisene, med det store hvite gliset, selvbevisst og fornøyd med alt han fikk til. Bare tanken fikk det til å gå kaldt nedover ryggen på henne. Men aldri mer, nei aldri mer! Hun hadde gjort en god jobb, en jobb noen og enhver ville vært fornøyd med.

Leiligheten var mørk og hun skyndte seg inn på badet, trakk frem vesken. Den var tung og hun åpnet den etter å ha nølt litt. Det var en dyr veske, en av de få tingene hun hadde fått beholde. En gang hadde den kostet en formue men det nye lille blonde neket hadde ikke villet ha den siden den var gammel så da ble den nærmest hevet i fanget på henne. Forkastet, akkurat som henne selv. Det passet godt slik, det var en slags poetisk rettferdighet i dette. Innsiden av vesken var blodig, hadde en veskenapper tatt den fra henne hadde vel vedkommende besvimt, hun måtte fnise litt ved tanken.

Hun kjente rutinene hans, han tok alltid en stor gin and tonic når han kom hjem fra jobb og hun hadde fylt på flasken med nok dop til å slå ut en elefant minst. Det var ingen vits i å torturere ham, såpass samvittighet hadde hun. Nei, hun gjorde jobben smertefritt, i det minste hadde hun god samvittighet der. Det kunne ha vært verre. Men en forferdelig jobb hadde det vært, noe i henne strittet i mot å gjøre noe slikt, det stridde mot alt hun en gang hadde lært og alt hun en gang hadde vært. Men hun var en annen nå, en helt annen. Hun hadde fått hevn, hevn for bortkastede år, for talløse søvnløse netter med gråt etter å ha blitt skjelt ut på det groveste. Aldri hadde hun vært god nok, alltid var det noe å sette fingrene på. Alltid. Og alltid det gliset, det selvgode sleske gliset hans, selv når han rakket ned på henne gliste han. Se hvor lite du er verdt sa det, se hvor lite du er. Men ikke nå mer. Aldri mer.

Hun satte seg i sofaen, kjente at hjertet roet seg, at roen senket seg. Det var en god ro, en følelse av fullbyrdelse, av rettferdighet. I det fjerne hørte hun lyden av en ambulanse og smilte sakte. Det var riktig tid, den nye hustruen hadde sikkert kommet hjem og funnet sin ektemann og snart ville det være på tv og radio også. Hun gikk bort til radioen og skrudde den på. Det var musikk og underholdning og hun gikk bort til et skap i hjørnet og tok frem en flaske fra bakerst i det. Skapet var også en av de få tingene hun hadde fått med seg. Merkelig egentlig for det var antikt og verdt en god del men ingen skulle si at det var vakkert. Hun hadde arvet det etter sin grandtante og bare hun kjente til de hemmelige rommene i det. Flasken hadde vært skjult i et av dem, det var en flaske av hans aller beste rødvin, verdt flere titalls tusen. Hun så på den med et smalt smil, jovisst hadde hun planlagt det lenge. Hun visste det nå. Planen hadde grodd i tankene hennes i årevis men ikke før nå hadde de fått luft nok til å bryte ut i full fyr og flamme. Hun gikk med rolige steg bort til kjøkkenkroken, fant en opptrekker og åpnet flasken, lot den lufte seg.

Det var den siste rest av den luksusen hun en gang hadde kjent men det hadde vært et gyldent bur. Hun så det nå. Men nå hadde de stekkede vingene vokst ut på nytt og kanarifuglen hadde blitt en hauk. Hun ble sittende foran tv'en til utpå kvelden. Først da skjedde det noe, en ganske opphisset nyhetsreporter kom på skjermen med informasjon angående et særdeles brutalt og merkelig overfall i byens beste strøk.

Offeret var den kjente politikeren, hun kjente at latteren begynte å brygge seg opp i henne.

Nyhetene fortsatte utover kvelden, hans unge hustru var kjørt til sykehuset med sjokk, ingen forsto noe. Hun gikk på badet, renset utstyret hun hadde brukt med klor. Klinikken ville sikkert ha tilbake tingene for de var dyre og spesial lagd. Hun lot hendene gli nesten kjærlig over dem mens hun satte dem tilbake i etuiene. Hun hadde kjent dem alle så godt og på en måte var det sårt å se dem igjen, Alt hun kunne blitt og alt hun kunne ha gjort hadde det ikke vært for ham. Men hun hadde ennå hatt håndlaget, hun hadde vært rask. Hun tok opp glass krukken til slutt, betraktet innholdet med et glis. Hva ville de vel si når de kom? Hun ante ikke, men hun gledet seg nesten.

Hun hadde vært grundig, det var ingen redning for det som hadde vært.

De kom dagen etter, hun var litt overrasket men egentlig hadde hun ventet det. Det var tross alt ikke så mange som kjente til koden på husalarmen, og han hadde aldri forandret den. Hun var klar da de ankom, smilte da hun åpnet døra. Etterforskeren sto der og virket litt perpleks, kunne knapt tro at denne flotte damen var den samme som de hadde sett på bildene. Hun virket langt fra falmet og gammel nå, i stedet strålte hun av en slags indre glød.

"Jeg antar at du vet at din eks mann har blitt overfalt?"

Hun nikket, smilet ble bredere, bar i seg et hint av den samme galskapen som forrige dag.

"Selvsagt vet jeg det"

Etterforskeren så forbauset ut, hun løftet hodet stolt. "Jeg var tannlege før jeg møtte ham vet dere, og en god en også. Endelig fikk jeg bruk for ferdighetene mine igjen"

Hun holdt frem glasset med tennene hans, alle grundig renset og med røttene filt så de aldri ville kunne bli satt tilbake i kjeften hans. Å ødelegge kjeven så nye tenner aldri kunne settes inn var en større jobb men hun hadde greid det. Gebiss var det beste han kunne håpe på nå fremover. Hun lo lydløst mens etterforskeren med store øyne tok glasset, og hun lo fortsatt da de tok henne i armen og geleidet henne ut i den ventende politibilen. Alle ville snart vite det, absolutt alle. Alle ville vite at det strålende hvite gliset var falskt, like falskt som ham.

Rettferdigheten smaker salt!

Veien svingte seg oppover lia, krokete og mange steder bratt. En gang i tida hadde hardbarka mannfolk brutt den ut av berget med hakke og spett men det var mange år siden nå. Nå var den utvidet og gruslagt og utstyrt med både skilt og autovern på sine steder. Nei Krokkleivslia var ikke å spøke med men nå om sommeren var det faktisk en riktig fin tur å ta om en ikke stresset for ille. Et stykke oppe i lia var det en sving, den var smal og brå og det gikk bratt utover på utsida av autovernet, utsikten var flott der men det var sjelden noen stanset lenge nok til å beundre den. I svingen var det godt og varmt, sørvendt som den var og det var vanlig at sauer og geiter la seg til der og alle visste at en burde ta foten av gassen før en nærmet seg stedet.

Sommeren var på sitt varmeste, det hadde vært styggvarmt i over to uker og lufta dirret rent. I bygda gikk gårdbrukerne og klødde seg i hodet og undret seg på om avlingene klarte seg og i fjellet trakk dyra ned til de lavere dalene der det ennå var litt vann å oppdrive. Noen sauer hadde funnet det vesle tjernet som lå inne på kjølen ovafor brattsvingen som den het på folkemunne, der var det ennå saftig gras å beite på og flokken aktet ikke flytte seg før det ble tørt også der. Et par tre søyer og noen lam lå i veikanten og ørtet og koste seg, de hadde slengt seg ned slik skjødesløst som sauer gjerne gjør. Ikke brydde de seg om bilene som av og til kreket seg forbi for biler var jo ikke farlige. Av og til lagde de rare lyder og noen ganger kom det folk ut av dem som brukte kjeft og bar seg men det var jo heller ikke farlig. Kjevene gikk rolig i sitt vante tempo, lammene var litt mer urolige enn mødrene og spratt rundt, slik lam gjerne gjør. Det var midt på dagen og varmt, ingen orket flytte seg på denne tida av døgnet.

Nede i veien kom en bil sakte sneglende oppover, veien hadde vært skurt for noen dager siden og veihøvelen hadde tatt dypt, det var et grovt lag med grus og stein som lå løst i veibanen og det var lett å få sleng på føret. Bilen var en gammel Lada Niva, militærgrønn og preget av et langt og hardt liv som gårdsbil men ennå kunne den nok tynes ytterligere noen tusen kilometer. Den var lagd for å tåle det meste og gikk nesten uansett hva som skjedde. Inne i bilen satt tre jenter, de hadde vært nede i Gørrtjerna og badet midt på dagen, den ene av dem var budeie på Utsetra og de to andre var venninner av henne som var på besøk. Det var budeia som het Lissa som kjørte, Nivaen var budeiebilen til beitelaget, den tålte en støyt og hadde plass til både kraftforsekker og annet budeia kunne trenge å flytte på. Lissa hadde vært budeie der oppe i mange år nå, hun kjente veien og hun kjente bygda som sin egen bukselomme. De to i baksetet satt og snakket og fniste, Eldbjørg skulle gå siste året på politihøgskolen og Brita skulle starte på første året som dyrepleier student på veterinæren. De skulle dele hybel og nå ble det ivrig diskutert hva de skulle anskaffe av diverse ting.

Lissa satt og holdt øye med veien, den var vond å kjøre på nå og hun giret kyndig ned den sterke firehjulstrekkeren foran de bratteste svingene. Krokkleivslia var stengt om vinteren og takke faen for det, det var ikke mulig å ta seg opp de bakkene selv med snøscooter.

Lissa rynket pannen, bak i speilet hadde hun sett noe som blinket, var det en annen bil som kom bakfra? Hun kikket en gang til i speilet, joda, det var en bil! En bil som kom i en aller helvetes fart og støvet sto som en ren sandstorm bak den. De to i baksetet ble klar over at sjåføren så bakover, de snudde seg. Bilen dukka opp igjen etter en av de mange krappe svingene, bakparten kom nesten ut men sjåføren trakk den inn igjen og gasset til på nytt. Lissa begynte å føle seg nervøs, veien var slettes ikke bred der og egentlig burde en ikke engang møte en

annen bil, og ihvertfall ikke noe så stort som det som kom
sprengende der bak. Hun bremset litt ned, la Nivaen så langt ut
på veiskulderen som hun kunne, det var bare berget rett utenfor
grøfta så mistet hjulene grepet kunne det bli stygt. Den som
kom der bak brøt ihvertfall fartsgrensa, lengre nede i veien sto
det et skilt som ettertrykkelig sa at hastigheter over førti
kilometer i timen var farlig. Nå måtte da den bilen bremse ned?
Lissa trakk pusten skarpt da den sølvgrå bilen dukket opp i
speilet igjen, den kom like fort. Eldbjørg sitter og måper. "I
helvete, for en tulling...."
Brita så bare skremt ut. Den sølvgrå bilen tar dem fort igjen,
Nivaen gjør bare tjue oppover den smale bratte veien og Lissa
er livsikker på at nå blir de påkjørt bakfra. Bilen vrenger ut,
uler forbi dem så nær at speilene nesten rører hverandre og
Brita hyler nesten. Eldbjørg ser bare rasende ut og Lissa
bremser automatisk, hun vet hva slags skur av grus og stein
som vil treffe Nivaen så fort det monsteret er forbi. Det brøler i
en kraftig motor og den sølvgrå bilen forsvinner rundt svingen
og etterlater Nivaen i en sky av grus og støv. Lissa slepper
pusten igjen, hun har holdt den og nevene er skjelvne, det var
like ved. Hun tvinger seg til å roe seg ned.
"Han der kjørte i nitti, minst!"
Eldbjørg er kvass i stemmen, den blivende politikvinnen i
henne har våknet. Lissa stryker det blonde håret bort fra
ansiktet med en trett mine.
"Det er noen slike her dessverre, er et nytt hyttefelt lenger
inne, med dyre hytter."
Brita svelger kort. "Hva slags bil var det der? Jeg har aldri sett
en slik før? "
Eldbjørg snur seg med en kyndig mine. "Porsche Cayenne,
dritdyr. Minst en mill for en slik en og jeg tror den der var
nesten helt ny også."
Lissa rister oppgitt på hodet. "Det hjelper deg ikke om du
ryker utfor brattsvingen, da er denne gamle kassa mer å stole
på.!"

Den sølvgrå bilen raser oppover veien, grusskya står etter den og den sakner ikke farten i det den begynner å svinge inn i brattsvingen. Det er en lyd av bremser og en skur av grus som slår mot autovernet, så dumpe smell av noe bløtt. Den store bilen snurrer i veien, går merkelig nok ikke i bergveggen eller autovernet. Den blir i stedet stående med nesa i samme retning som den kom fra. Det ryker lett fra fronten og motoren kutter, det lyder en serie mindre pene eder fra førersetet.

Et par minutter senere kommer Nivaen rolig ruslende rundt svingen, grusskya har lagt seg og de tre jentene ser hva som har skjedd. Den store suv'en står ennå på et sted, eieren prøver visst å få liv i den kvalte motoren igjen. I veien ligger tre søyer, to av dem rører seg ikke, en tredje prøver å komme seg opp men klarer det ikke, de mørke øynene er ville av panikk og smerte. Noen lam løper skrikende rundt, forvirret og skremte.

Lissa banner, bestefaren hennes er finne og nå kommer hans beste eder til heder og verdighet. Hun stanser Nivaen og går ut, Eldbjørg og Brita ser at hun er rasende, det er noe svart i det vanligvis så blåe blikket og det milde budeie ansiktet har fått et hardt drag. Hun går mot førersetet på Porschen, fyren der inne gjør noen merkelige gester, som for å skyve unna noe i passasjersetet. De to venninnene går ut av bilen, de ser på de tre skadde dyrene, en av dem ser alt død ut men to er i live og den ene ligger og breker sårt. Lissa banker på vinduet og sjåføren veiver motvillig ned mens han ennå prøver å starte bilen. "For faen, kan ikke folk få værra i fred?!"

Stemmen er rå, ubehøvlet og uhøflig. Lissa ser at mannen er ganske så svømmende i blikket, han tygger på noe som må være mentol pastiller men hun syns hun kjenner en annen lukt under. "Du må ringe eieren av de søyene, så han kan få erstatning for dem vet du, det er loven!"

Fyren strekker ut armen, stikker pekefingeren rett under nesa på Lissa så hun må rygge tilbake.

"Ikke faen om jeg skal ut med noen erstatning sier jeg bare, se bare, de jævla krekene har bulket bilen min har de. De har da

for helvetet ikke noe her i veien å gjørra! Det er jeg som skal ha erstatning, for skadene på bilen!"
Lissa dusjes nesten av spytt fra karen som nærmest fråder. Det er to i budeia, hun viker ikke en tomme, hun er vel vant med å håndtere sta stuter fra før av. Fyren ser bort på Brita og Eldbjørg, begge er i shorts og bikini topper siden de har bada og øynene hans henger seg fast i brystpartiet på dem. De skadde dyrene ser han ikke på i det hele tatt "Du kjørte som en tulling, dette er ikke noen autostrada vet du!"
Fyren snur hodet igjen, kjapt som en kobra, Lissa får fingeren nesten tredd inn i nesa igjen. "Jeg trenger da vel ikke for faen å bli belært av en slik liten bondetuppe som deg, klapp igjen brødhølet du vesla. Detta har du ikke greie på!"
Lissa biter tenna sammen. "Du bør i hvert fall ringe noen så dyra kan bli ordentlig avlivet, de pines jo! "
Fyren banner grovt og trykker på starteren, denne gangen starter motoren og han vrenger den tunge bilen rundt i veien, Lissa må nesten opp på rekkverket for ikke å bli truffet og de to venninnene hennes står måpende og ser på at karen kjører over den ene søya for å komme seg ut på veien igjen. Bilen brøler og spinner og forsvinner på nytt i støvføyka. Eldbjørg banner bare matt og Lissa står der og er svart i blikket. "Jeg noterte bilnummeret med mobilen."
Brita viser dem og Eldbjørg smiler fort. "Det er bra, men det er ikke mobil dekning her, ellers skulle jeg ringt med en gang. Makan til jævel!"
Lissa nikker, hun mumler noe for seg selv på finsk. Det er neppe pent men svært passende for situasjonen. "Jeg skal ringe, jeg har satelitt telefon. Den går gjennom uansett. "
Hun går bort til de tre påkjørte søyene, ser på øremerkene. "Jasså, så det er Torfinn sine ja, jeg regna med det. Det er bra!"
Eldbjørg ser forvirret på henne. "Bra? "
Lissa nikker, hun er stram i kjevene ennå, sinnet ulmer i blikket. "Ja, da slepper han ikke unna. Torfinn gir seg aldri for noen, uansett hvor mye penger de har. "

Brita svelger hardt, ser på de skadede dyra. "Hva skal du gjøre nå?"

Lissa sukker tungt. "Det den stuten burde gjort, den borteste søya der er alt død men den nærmeste har brukket ryggen og den ved autovernet der har nok indre skader. Jeg må spare dem for pinslene."

Eldbjørg ser litt urolig på budeia som går bak i Nivaen og kommer tilbake med en sleggehammer og en stor kniv av det slaget jegere ofte går med. "Kan du detta?"

Lissa nikker, blikket er fremdeles kølsvart og dypt, de to kjenner henne og vet at nå er Lissa forbanna, og da nytter det ikke å prøve å roe henne ned før hun selv lar det skje. "Jeg har slått ihjel sau før, men aldri som har blitt kjørt ned slik."

Hun smiler fort til Brita. "Gå i bilen du, om du ikke vil se detta."

Brita rister på hodet. "Jeg skal da studere til dyrepleier, såpass må jeg tåle å se."

Lissa gjør det hun må, så stikker hun kyndig dyrene og lar dem blø seg tomme, trekker skrottene ut av veien og finner frem en ren presenning bak i bilen. Hun åpner dem fort, i to av søyene renner det blod overalt, de har blitt knust innvendig av smellen og hun rister på hodet. "Tviler på at kjøttet på disse er brukbart men Torfinn får se på det selv, han vil kanskje tørke kjøttet og gi det til bikkjene. Så blir det da brukt til noe fornuftig. "

Hun vommer ut og trekker innvollene opp gjennom krattet, gjemmer det unna. Vinden suser tungt i trekronene og en kråke flyr kraksende over dem, det er noe merkelig ødslig ved det. Noe nesten uhellsvangert. Lissa trekker selve skrottene opp i Nivaen, legger dem på presenningen og dekker over dem. Hun er blodig til albuene og det er striper av blod i fjeset på henne, hun ser nesten ut som en slags hedensk krigerdronning der hun står i fjellreven bukse og militærgrønn singlet. Armene svulmer av harde arbeidsmuskler, hun er vant med å ta i et tak.

Eldbjørg ser på sporene i grusen. "Han bremsa ikke før han så sauene, se her, samme farta gjennom svingen som da han kjørte forbi oss. Å hadde jeg hatt uniform så skulle jeg så inderlig.... "

Lissa smiler kaldt. "Jeg skal be Torfinn ringe lensmann Andersen, han tar ikke med silkehansker på slike, det kan jeg love dere."

Hun fisker en telefon ut av ei lomme i buksa, leter gjennom minnet og finner et nr, hun står og venter litt, så høres det en grov bass. "Jaaa, det er Torfinn! "

Lissa forteller fort hvem det er, så begynner hun å forklare det inntrufne og både Eldbjørg og Brita skjønner fort at Torfinn må være nordlending for de hører klart og tydelig hva fyren sier og edene er blomstrende. Førrbainna gjeilltykje og hain steikje å fortære førr ein hæstpeis er det mildeste mannen lirer utav seg. Lissa gir ham registreringsnummeret på cayennen, og Torfinn lover å ringe lensmann med en gang. Selv kan han ikke komme oppover med en gang for han har ei ku som skal kalve men så fort det blir morgen kommer han etter skrottene, og da er forhåpentligvis Andersen med. Eldbjørg har vært i bilen, henta kameraet sitt. Hun fotograferer nøye hjulsporene og får Lissa og Brita til å markere hvor søyene lå.

Det løper noen lam rundt i bakken over svingen, Torfinn får fange dem inn når han kommer oppover. Heldigvis er de ikke avhengige av morsmelk lenger for å klare seg. Lissa er stiv i maska, hun har ennå ikke roet seg ned. "Den ene søya var yndlingen til ungene hans, Matilde kalte de henne. Beste søya han hadde sa han, jeg tror Torfinn kommer til å gi den karen et helvete. "

Eldbjørg smiler forsiktig. "Jeg hørte at han var grov i målet ja, nordlending? "

Lissa smiler, det er et farlig smil. "Yess, innfløtta. Gifta seg med ei jente herifra. Fyren er to meter høy og veier hundre og tredve kilo og alt er muskler, pleier å være vakt på bygdefestene og ingen kødder med den karen, det kan jeg love deg. Han tar vanlig karer under armen som kattunger og bærer dem rett ut. "

Brita myser mot sola, peker på åsen på andre sida av dalen. "Det blinker der borte? "

Lissa tar frem kikkerten, hun er smal i blikket. "Det er veien inn til det nye hyttefeltet ja, og tar jeg ikke feil er det Hr hissig som er på tur innover. Det kunne jeg gjetta meg til."

Hun legger kikkerten tilbake. "Da vet vi hvor han er hen!" De setter seg i bilen igjen, stemningen er ødelagt. Eldbjørg rynker på nesa over den rå slaktelukta som nå er i Nivaen, men hun sier ikke noe. Hun vet at Lissa er rasende ennå, budeia er glad i dyr, og detta har gått hardt inn på henne. Brita kremter kort. "Jeg tror fyren var drita, jeg mener, ingen oppfører seg vel slik edru? "

Eldbjørg nikker tenksomt. "Det er godt mulig ja, men noen er bare slik, edru eller ikke."

Lissa slår neven i dashbordet så bilen nesten gynger. "Han var full, ellers kan du kalle meg en krakk, jeg kjente lukta av pusten hans! "

Eldbjørg banner sakte. "Synd vi ikke har bevis, da kunne vi tatt'n for fyllekjøring også."

Lissa svarer ikke, hun bare kjører, blikket er svart ennå og tilsynelatende fokusert på noe langt langt vekke. Hun kjenner ungene til Torfinn, to søte småjenter som er like glade i sauene som faren er det. De kommer til å bli skrekkelig lei seg nå. Dette er som faen selv også.

Etter en stund svinger de opp på neste åsen, tar av mot setra og humper seg de stakkars kilometerne inn til setervangen. Lissa trekker ut saueskrottene, henger dem opp inne på låven. Det er mulig at ihvertfall den ene kan brukes til folkemat, hun vet at naboen til Torfinn røyker kjøtt for bygdefolket. Og kona hans er også rene mesteren med lokale råvarer. Jentene samler seg på kjøkkenet etterpå, de er stille og ettertenksomme. Det gikk inn på dem alle sammen. Lissa har tatt frem et kart, hun betrakter det med en kald mine i ansiktet. Det virker for at hun pønsker på noe. Eldbjørg blir nysgjerrig men hun spør ikke, vet at Lissa må få fortelle når hun selv bestemmer seg for det.

De gjør unna kveldstellet, det går fort å melke de tredve kyrne men begge de to gjestene merker at Lissa tenker på det inntrufne. Hun pleier ikke å være så stille av seg. Etterpå spiser de litt og så finner Lissa frem kartet igjen, trekker på seg noen varme klær og nikker til de to. "Hvis dere vil bli med så kle godt på dere.

Brita ser litt skeptisk ut. "Hvor skal du? "

Lissa fester knivbeltet i buksa, hun ser innbitt ut. "Til hyttefeltet, jeg skal se litt nærmere på Hr Hissig."

Eldbjørg raser avgårde etter litt tøy og Brita blir også med, litt nervøs men like fullt bestemt på å gjøre sitt. De kommer seg inn i bilen og Lissa kjører avgårde, de følger veien et godt stykke, så svinger hun brått av og inn på en skogsbilvei. Det er milevis av slike i området og Eldbjørg vet at Lissa kjenner skogene her som sin egen håndbak men hun fatter ikke helt hva budeia tenker på nå. De kjører en god stund på veien som er ganske bra, nesten like god som hovedveien. Så svinger Lissa av igjen og denne gangen er det en virkelig gammel vei, antagelig er det år siden sist det gikk bil der for ungtrærne skraper mot undersiden av Nivaen.

Lissa girer og lirker bilen kyndig frem, Nivaen har gjort tjeneste under elgjakta mange ganger, tatt seg frem der få andre kjøretøy ville klart seg. En gang gikk farfaren hennes tom for drivstoff innpå skogen, han svor på at han helte på ei kanne med gammal matolje og ei halvflaske himkok av det tvilsomme slaget og bilen gikk helt til bygda igjen, bedre enn noen gang før mente han. Til slutt kommer de til en snuplass for tømmerbiler, Lissa parkerer Nivaen i skyggen og går ut, hun bikker på hodet og ser seg rundt. Det er tydelig at hun vet hvor hun er, og hvor hun skal. Hun henter frem en gammal grå ryggsekk fra bilen, så trasker hun avgårde etter en nesten forsvunnet sti.

Eldbjørg og Brita henger etter som klegg, budeia er vant med å gå i skogen, stegene er lange og jevne, hun følger terrenget i stedet for å slåss mot det. De to andre blir lett andpustne av tempoet men de er ivrige etter å finne ut hva venninnen pønsker på. Etter litt åpner skogen seg, de ser inn på en setervoll med noen gjerder og gamle seterhus. På andre siden av vollen går veien, og det er flere nye hytter der. Alle er fine og hvite og det er tydelig at de er i den høyere prisklassen. Innerst ligger det en hytte som er nybeiset, den glinser flott i kveldssola og størrelsen på hytta indikerer at eieren har bra med penger. Lissa gliser sakte, det er ikke et pent glis. "Jeg tror jammen Hr Hissig tror han er John Wayne! "

Eldbjørg måper litt, det er gjerde rundt alle hyttene der men foran den brunbeisa hytta er det slik gjerde en forbinder med westernfilmer. Brita rister på hodet. "Det er jo paddock gjerde, slik en bruker til hest!"

Lissa nikker med kjennermine. "Jeg var innover her for to uker sida, da var det ikke gjerder her ennå. Han har satt det opp i det siste tror jeg. Se bare på den porten! "

De to jentene glaner, porten er lagd av to svære furustammer som er stilt opp side ved side. Mellom dem henger et skilt med store bokstaver i beste wild west stil. Triple bar står det svidd inn i treverket.

"Jeg skal gi deg bar jeg!" Lissa mumler det sint.

Under er det en port men den er ikke som på de andre hyttene og de eldre seterhusene. Det er en slik port du ser på saloonen, svingdører som henger et stykke over bakken.

"Og hva er det han har tenkt å holde ute mon tro? "Lissa's stemme drypper av sarkasme. Brita og Eldbjørg skjønner hva hun mener, de andre eiendommene er godt gjerdet inn, slik det er skikken i bygda. Gjerdene er lagd av sterke stolper som står i bakken med fire meters mellomrom. Det er strukket tråd mellom stolpene, oppe og nede og selve gjerdet er hundrevis av halvannen meter lange smale raier av treverk. De er rett og slett spunnet fast mellom de doble ståltrådene og lager et gjerde som er tett og solid og som ingen sau kan sette seg fast i eller ødelegge. På Hr Hissig sin eiendom er det helt annerledes. Porschen står parkert med rumpa helt inn mot

svingporten, den er ikke engang stengt. Det virker for at eieren
har satt den der så alle kan se og beundre den.
Det er tydeligvis folk på et par av de gamle hyttene på
setervollen men i den nye avdelingen er Hr Hissig alene. Lissa
går rolig nærmere, hun ser nøye på bilen.
Det er noen bulker foran på den, ved ene forhjulet og bakover
mot døra. Og det er riper her og der. Men mye synes det ikke,
antagelig var farta så stor at sauene ble nærmest kastet unna.
Det er mørkt inne i hytta, Lissa peker på veien. "Han har gått
seg en tur ser det ut til, antagelig skal han vel ned til elva og
fiske."
Eldbjørg ser at sporene svinger påfallende mye. Med mindre
fyren har hatt et slag så vaklet han mer enn han gikk. Lissa
myser, hun har fått et merkelig utrykk i ansiktet. Hun går helt
bort til porten, for noen andre ser det kanskje ut som om hun
beundrer det vakre treverket, eller skiltet som henger der opp.
Hun strekker fort ut handa, stryker den diskret over bakvinduet
på bilen. Det er et tykt lag støv der, det er grått og brunt men
det er noe hvitt der også.
Eldbjørg rynker forvirret pannen da Lissa stikker tungespissen
borti bilstøvet og spytter.
"Hva driver du med?"
Lissa går bort mot veien igjen, hun ser ut som en som har lett
etter lyset lenge men brått har oppdaget at det brant rett under
nesa på en hele tiden. "Det er veisalt på den bilen Eldbjørg."
Eldbjørg ser uforstående på budeia som setter seg ned på en
stein der med ryggen mot hytta og bilen. "Og? "
Brita setter seg også, hun ser temmelig forundret ut. "Det er
bare en vei her i bygda som har vært saltet de siste to ukene, og
det er baksideveien fra Unnes. De kjører tømmer der nå og det
støvet så ille at de måtte salte for å binde noe av støvet."
Eldbjørg begynner å skjønne, hun lener seg fremover. "Det er
den veien som nesten møter hovedveien like ved Brunmyrsetra
ikke sant? "
Lissa nikker og Brita ser forvirret ut, hun ser på de to. "Nå må

dere forklare litt tror jeg, jeg er ikke så godt kjent her!"
Lissa nikker og peker utover. "Alle som skal oppover
fjellveien må gjennom bommen nede ved Breistad, og den er
betjent hele sesongen så det går ikke å lure seg forbi. Jeg
slepper å betale siden jeg har årskort og jobber her inne, men
ellers koster det seksti kroner pr tur. Kjører en baksideveien
kan en lure seg unna det men da trenger en jaggu en god bil
også. "
Eldbjørg ser bort på cayennen, den er høy og sterk og klarer
sikkert all slags terreng. "Så han har sneket seg unna bommen?
Det er jo skikkelig kjipt gjort."
Lissa knurrer nesten. "Ja, men det er ikke bare det. Det er to
hundre meter fra enden av baksideveien og frem til hovedveien
opp til fjellet, baksideveien ender nemlig i en velteplass for
tømmer. Men for å komme til hovedveien derifra må en over et
lite plantefelt som Per Oppigård gjorde i stand i fjor høst, og et
kvigebeite som hører Ola Uthus til. Og jeg prata med Ola her
for tre dager siden, en eller annen idiot hadde kjørt over beitet
hans og ikke stengt grindene så kvigene hans var på rømmen
over halve bygda. De hadde visst gått ned til hjemtraktene
igjen. Han sa at kjerringa hans hadde vært i telefonen nesten
halve dagen med sinte folk som ville klage over at de hadde
fått kyr i blomsterbed og kjøkkenhager. Og ei av de drektige
kvigene hans rota seg ned på riksveien og ble påkjørt av en
trailer. Han var fly forbanna som ventelig kan være."
Eldbjørg måpte nesten. "Nei så jævlig!"
Lissa smilte smalt. "Ola hadde tatt bilde av sporene sa han, og
den som hadde åpnet grindene hadde kjørt villmann over
plantefeltet så Per må rydde opp igjen og sette nye planter flere
steder, han var også i harnisk. Det er ingen bønder som har tid
til å drive å kjøre til fjells for slikt fillearbeide nå midt i
høyonna."
Brita ristet på hodet. "Så det er Hr Hissig som har gjort det?"
Lissa gliste kaldt, det var noe illevarslende i blikket hennes.
"Det kan du ta gift på, den karen har sikkert råd til å betale

seksti kroner i bomavgift men han er sikkert overbevist om at han burde slippe, siden han er så rik! Faen til kar, men jeg tror Ola blir glad for å vite hvem han skal sende regninga for den døde kviga til. Og Per vil sikkert også kreve litt erstatning, det var visst kjørt opp noe sinnssykt stygt."

Eldbjørg så spørrende på budeia. "Det gjør de sikkert, men hva kan vi gjøre nå? "

Lissa smilte, det var noe fornøyd og forventningsfylt i det smilet. "Jeg skal gjøra jobben min som budeie for beitelaget. Ikke mer og ikke mindre."

Hun trakk av seg sekken hun hadde på ryggen, tok frem et par små poser. "Her, strø dette på steinene her. Dette var foringsplass før vet dere, er på tide at det blir beita litt av her, er alt for langt gras."

Brita så ned i posen. "Salt?! "

Lissa nikker, det er en merkelig glans i blikket hennes.

Eldbjørg får også en pose i handa, hun ser like forvirret ut som Brita. "Men? ..."

Lissa smiler vennlig men det er stål i blikket hennes. "Den fyren der borte vil nok få en klekkelig bot foruten erstatningene for sauene og den kvigen og plantene og kanskje miste førerkortet også, men syns dere at det er bra nok?"

Eldbjørg får noe hardt i minen. "Nei, ikke egentlig."

Brita rister også på hodet og Lissa smiler fort. "Bra, strø salt på alle steinene her, jeg skal se om jeg finner sauene som skal holde til her i området. De har nok trekt ned mot elva nå i tørka men får de salt kommer de hit igjen. Ingen budeie går noe sted uten salt vet dere, det er rene magien til tider."

De to jentene begynner å strø salt på steinene, bare en snau neve på hver av dem. De skjønner at Lissa har baktanker med dette men forstår ikke hvilke det kan være. Budeia forsvinner i skogen nedenfor setra og Eldbjørg ser langt etter henne. Lissa er vanligvis en mild og vennlig person, dette har avdekket en side av personligheten hennes de vanligvis aldri ser. Det er mørke sider i alle mennesker pleide Eldbjørgs bestemor å si, og jo stillere vann, jo dypere grunn. Brita våger seg nærmere porten og den sølvgrå bilen, hun titter fort inn bakvinduet og rynker pannen med en truende mine. "Ser du det der? " Eldbjørg kommer borttil henne, skygger for handa og ser hva Brita snakker om. Det er en lomme på baksida av passasjersetet, det står stukket en flaske ned i den. Det er ikke vann for å si det slik. Eldbjørg kjenner igjen etiketten, ikke rart mannen tygde mentol pastiller for å skjule lukta.

"Hmm, så Hr Hissig drikker whiskyen sin bar, i farta også." Brita nikker, hun ser sint ut. "Tror du at lensmannen kan bevise det?"

Eldbjørg trekker på skuldrene. "Kanskje, det er jo mulig at noen så ham på tur oppover, det er jo mye hytter og trafikk på nedre delen av veien. "

Etter litt er posene tomme, det er litt salt på alle steinene der. De to jentene setter seg i graset bak en stor einerbusk, er ingen som ser dem der om noen skulle dukke opp. Heldigvis er det så kjølig og stri vind nå at ingen gidder ut av de som er på hyttene. Snart hører de svak breking, den blir sterkere og Lissa dukker opp. Hun smiler fra øre til øre. Bak henne kommer en stor flokk sau og jammen er det med en god del geiter også. De svinser ivrig rundt og så fort de oppdager saltet gyver de løs på steinene. Brita skjønner ikke hvorfor Lissa ser så fornøyd ut, hvorfor det er et slikt infernalsk glimt i de blå øynene.

Eldbjørg har begynt å forstå, hun har vokst opp på en gård og selv om dette krasjer litt med hennes yrkesetikk er det jo ikke ulovlig å fore dyra. Og vollen er overvokst, den må beites ned før graset blir for gammalt.

At Hr Hissig har lagd et gjerde som kun kan stanse ei og anna ku og kanskje en hest er ikke deres problem. Lissa står og ser på, det er fryd i blikket hennes. Sauene løper rundt og snart er de første under den merkelige porten og inne på tomta foran den brune hytta. Antagelig har ikke Hr Hissig brydd seg om at de lokale har fortalt ham hvordan gjerdene bør være. Her i bygda får folk klare seg selv om de ikke vil høre på fornuft.

Noen geiter forsyner seg av graset foran inngangspartiet, så retter de sin oppmerksomhet mot det blanke monsteret som står i innkjørselen. Er det spiselig mon tro? Bukken som er med følget ser speilbildet sitt i en hjulkapsel, tar rennafart og smeller til den. Et kje er alt oppe på panseret og nupser ivrig på en vindusvisker. Ei voksen geit gnager fornøyd på ene bakskjermen, det smaker deilig salt av den jo, da er det jo klart at dette er en rullende saltstein. Lissa ler lydløst og vinker på de to jentene som står nærmest himmelfalne. "Jeg tror ikke Hr hissig vil trekke så mye damer med den bilen når de er ferdige med den."

Eldbjørg skjærer noen merkelig grimaser, hun vet ikke helt om hun skal le eller grine. "Ja snakker om penisforlenger med potensproblemer he he he! "

Brita fniser og rister rent mens de tre går tilbake til Nivaen.

Lissa kjører inn på hovedveien igjen, så tar hun av og svinger inn på veien mot hyttefeltet. Det er en bom der og hun har et nøkkelknippe i hanskerommet. Hun finner riktig nøkkel og låser bommen, veien er smal der mellom to bergeskorter så ingen biler kan passere. "Det er sent nå, tviler på at de i de andre hyttene skal ut igjen, og Torfinn og lensmann kommer tidlig i morgen. Andersen har også nøkkel til alle bommene her innover. "

Eldbjørg vet ikke helt hva hun skal tro om metodene men hun vet at slikt aldri ville gått an inne i byen. Her på bygda derimot er det andre regler som gjelder.

Tilbake i hytta for kvelden feirer de tre med hver sin pils og stemningen er ganske god da de finner køya. De er spente på hva Torfinn og lensmannen vil finne dagen etter.

Neste morgen gjør de morgenstellet fort, de er ivrige og mens de sitter med frokosten durer det og en stor pick up triller inn på tunet. En kjempe av en kar trer seg formelig ut av førersetet og bilen løfter seg betraktelig da han kommer seg ut av den. Lissa går ut og de to følger etter hakk i hel. Torfinn hilser vennlig men de ser at mannen har vært ute på et eller annet for flere knapper i skjorta hans er revet ut, en lomme henger på halv tolv og det er blod på bukselåret hans. Lissa ser forskrekket på ham. "Hva skjedde?"

Torfinn setter seg nonsjalant ned på den grove trebenken utafor seterveggen. "Jau det ska æ si dokker jenter, makan til tykjekaill ska ein leite længe ætter. "

Han slår støvet av capsen sin mot benken. "Jammen fortell da?"

Lissa er ivrig og Torfinn gliser innfult. "Jau, først så ringe nå ein av naboan der oppe te han Andersen, det va visst ei gorrhysa av ein kaill som skreik og bar sæ så ille. Ja han baintes og svor så kvinnfolket vart visst reint nervøs."

Brita fniser så hun rister igjen. "Hvorfor det? "

Torfinn smiler underfundig, det er noe i blikket hans som forteller dem at han har skjønt hvem som var der kvelden før."Joo, hain hadde vesst ikkje regna med at sauan kunne gå under gjerdet og porten hainnes, og dei hadde spist av biln hains."

Eldbjørg må fnise også. "Spist av bilen hans? "

Torfinn nikker sindig. "Akkurat ja, spist av biln. Dei hadde vist gnagd mesteparten av aill lakken av han, og det som var av gummilista og slikt. Geiten hans Børre på saga hadde visst slått sæ i lag med sauan hans Emil Søroset og dei hadde trækt oppover fra ælva for kvæiln. Ja dokker veit jo kor uhællig med mygg de e så nære vatn nå før tida. "

Lissa bare nikker sindig. Hun ser ut som en katt som har fanget og fortært en riktig så fet og fin rotte. "Ja kailn baintes så stygt at sjøl æ vart betænkt ja. Og hain nækta plænt å betale mæ førr de tre søyan han kjørte ihjæl."

Lissa så smalt på bonden som strøk seg over panna med en litt forbauset mine. Det var sjelden noen prøvde å gå i mot ham, de fleste visste bedre.

"Men dere fikk orden på det? "

Torfinn gliste bredt. "Åh jauda, både godt og væll. Du veit, han Andersen e ikkje dum, og hain så ei heil flaske med slik Glenfiddisj i biln, og det bare oste gammal fyll av karn så dæ va ænkelt å lægge to og to samman. Og han ville ikkje bli me og ta blodprøve heiller. Ja han Andersen kunne visst bærre ta sæ sjøl i ræva meinte han visst."

Eldbjørg rykket til, å snakke slik til en polititjenestemann var ikke lurt om en ikke ville ha ordentlig trøbbel. "Sa han det?!"

Torfinn nikket sakte. "Jada, og æ va ein hælvetes bondelarv fikk æ vite. Ja han Andersen visste jo om det med kvigan te hain Ola og meinte at kona hans Per hadde sett kailn kjøre over beita hasses her om da'n men det va visst bærre slarv og førbainna løgn. Og at dæm fire ungdomman som leie hytta hannes Sivert nede væ Sikvatnet hadde sett hain kjøre forbi som om hain hadde både hinmainn og heile åsgårsreia i hælan var jo også bærre fjas og fanteri må dokker vit."

Lissa koste seg visst "Så noen så ham kjøre så fort ja, det var bra. "

Torfinn viftet med pekefingeren. "Ja men det blir likar, det blir mykje likar. Ein tyskar som va på vei oppetter vegen på sykkel i går blei forbikjørt av kailn, og hain fekk ei tomflaska i hauet, han sykla jo av arme mainn. De e angrep med farli våpen de. "

Eldbjørg gliste. "Ja og forsøpling også."

Lissa så storøyd på blodflekkene på bondens grønne felleskjøpet bukser. "Men blodet?"

Torfinn så litt brydd ut. "Njaaaa, dokker ser, hain ville ikkje væra med lennsmainn ned i bygda igjæn, og han forlangte å få vite navnan på dei som eigde de sauan som hadde gnagd i stykker biln hasses for han ville saksøke dæm aille som ein. Ja at gjerdet hasses va for dårlig det ville hain ikkje høyre noe snakk om. Ja åssa rauk han på hain Andersen da han ville arrestere kroppen."

Brita gispet. "Gikk han løs på lensmannen?!"

Torfinn nikket, det var noe huldsalig i blikket hans. "Jaaa, han gjorde det ja, så æ måtte hjelpe hain Andersen kain dokker skjønne. Ja fyr'n ville jo ta mæ å, hain slo faktisk ætter mæ så

æ slo tilbake og da var det litt neseblod, ja det vart nå det ja."
Lissa måtte le, om en fikk et slag av Torfinn var det som å bli
sparka av en hest. "Men får du erstatning for de sauene? "
Torfinn rettet litt på den istykkerrevne skjorta, det er noe stolt i
minen hans. "Jaaa, æ gjør nå det. Andersen veit jo at dokker
veikjan ikkje fær med toskeskap og løgn og skrottan hæng nå
her så de e nå i orden. Og det va ull og blod på biln så han kain
ikkje ro sæ bort fra at det va hain som kjørte på dæm. Ja æ vil
savne ho Matilde, de va ei go søya. "
Lissa brøt inn. "Så nå er fyren i arresten?"
Torfinn nikket sindig. "Jada, nå e han i arræsten, og hain
Andersen va så førbainna som æ aildri ha sætt hain før. Ja
kailn hadde med sæ ei slik bærbar læptop dei kaille det og han
hadde visst lurt penga av firmaet sitt. Æ trur skattefuten kjæm
te å gni sæ i heindern nå."
Jentene så sakte på hverandre, det var til pass. Torfinn
fortsatte. "Ja og så låg det no'n bilda på dein maskina au, slike
som e ulovlige å ha. Det va visst både unga og dyr sa hain
lensmainn. Hain tykje førr ein kvalpeis! Æ e glad hain ikkje
kjem te å fær hit opp no meir. Hytta blir det visst firma som lyt
ta over, det va jo deira midla som var blitt brukt. "
Lissa gliste kaldt, det var visst ikke bare en fyllekjører de
hadde fjernet, det var et skikkelig utyske. "Ja apropo sailt, ha
dokker hængt opp de dærre skrottan? Hain nabon sku visst
prøve å røyke dæm lovte hain mæ."
Lissa nikket og viste veien mot låven. De tre søyene hang der
til slakt men han som hadde ansvaret for det kom til å bli buret
inne lenge etter dette. Lissa smilte til den svære bonden som
langet ut bak henne. "De sier jo at rettferdighetens kvern maler
langsomt men denne gangen malte den fort, og elegant. Og
hevnen var ikke søt heller, men salt! "
Torfinn gliste i skjegget, han hadde skjønt hva Lissa hadde
gjort og han visste at budeia kunne være innful hun også om
hun følte at det trengtes. Det var slike kvinnfolk bygda trengte.
"Jau, de e så evig rett, både dein og rettferdigheta!"

Operasjon Helvete og åpenbaringen.

Hilde kjente at sinnet virkelig kokte i henne, at hun egentlig hadde lyst til å reise seg og virkelig sette en støkk i folk. Ja hadde hun kunnet skreket det ut høyt det hun tenkte ville vel hele forsamlingen blitt halvdøve og halvparten få infarkt av sjokket. Hun så ned i golvet for ikke å røpe tankene sine, bestemoren hennes satt ved siden av og hun kunne se hvordan den gamle også slet med å holde sine følelser under kontroll. Hun skottet opp mot podiet der han sto, selvgod og smilende og like glatt som en ål i en tønne med smør. Hun hadde sett det hele, hvordan anklagene bare gled av ham som vann av ei gås og hvordan mange i menigheten nærmest slo ring rundt mannen. Selvsagt var det ikke hans feil, selvsagt var han den uskyldige parten her. Hun hatet ham, virkelig hatet det trynet med det alt for blanke gliset og det glatte håret det sikkert trengtes en hel tube med hårgele for å holde på plass. Han hadde stått der foran alle sammen, stått der oppe og forsikret dem om at jada, han hadde syndet og jada det var galt av ham men satan hadde fristet ham. Og nå hadde han sett lyset og ved Jesu hjelp snudd synden ryggen.

Det var måten han sa det på som fikk det til å koke over for henne, måten han nesten kjærtegnet ordet på der det smøg seg ut av det påkostede gliset. Saaaaataaaaan lød det, som om det var noe sensuelt over det. Han formelig sugde på ordet, kjærtegnet det! Og alle disiplene hans var så i ekstase over alt han sa, halleluja lød det både her og der og de tilga, ja selvsagt tilga de ham. Han hadde jo vært fristet må vite, og hadde snudd fristelsen ryggen. Ja sannelig var deres hyrde sterk i ånden om ikke alltid i kjødet men alle kunne jo ikke være herren lik heller?

Hilde kunne strupt fyren, bent frem drept ham. Der sto han og var den angrende synder som fikk hele menighetens samlede omsorg og hengivenhet mens hun som liksom hadde fristet ham snaut kunne vise seg utendørs lenger. Hilde hadde sett Eldbjørg for bare noen dager siden, sett hvordan det søte vesle ansiktet hadde fått mørke skygger som ikke hadde vært der før. Sett hvordan forvirring og sorg tæret på den mest uskyldige av dem alle. Hun skulle ønske hun kunne gjort noe, hjulpet den stakkars jenta, men hvordan? Eldbjørg var ikke normal, hun hadde visst en slags diagnose men ingen hadde brydd seg noe om det. At hun var håpløst barnslig og ute av stand til å ta egne beslutninger var det ingen som tenkte på nå. Ingen tenkte heller på at hun bare var sytten år og at det bleikfeite svinet var snart femti. For hun hadde fristet ham, tenkt det, hun hadde vært djevelens villige redskap som prøvde å lokke denne gode troende bort fra den rette veien.

Hilde kjente at sinnet kokte i henne ennå, fyren sto der og mottok nesten en slags hyllest, fordi han hadde forført en jentunge? Fordi han hadde ødelagt et liv? Han fortjente fordømmelse, ikke dette her. Men det nyttet det ikke å si til menigheten. De så på ham som deres reddende hyrde eller noe i den duren. Hilde var ikke religiøs, slettes ikke et medlem men hennes bestemor var og hadde vært det siden hun var barn. Men ting hadde endret seg de siste årene og hun visste at den gamle bare gikk dit av gammel vane nå. Hun var ikke lenger enig med det som ble preket, ikke i det hele tatt.

Møtet var over og folk gikk hjemover igjen, Hilde støttet bestemoren varsomt under armen, det var glatt og derfor hadde hun tilbudt seg å være med. Det var vanskelig å ta seg frem for de gamle nå.

Bestemoren spyttet i snøen, Hilde ble nesten skremt siden hun aldri pleide gjøre slikt så mild og vennlig til sinns som hun vanligvis var. "Tvi være meg Hilde, jeg skal aldri gå i den kirken igjen, det lover jeg deg. "

Hilde så forbauset ned på det rynkete vesle ansiktet under den fjonge lilla hatten. "Men.. du har jo alltid gått dit? "

Den gamle stampet med foten og stokken slo hardere i bakken enn noen gang før. "Ikke nå lenger nei, nå er det slutt. Etter at den gjøken tok over har det blitt en farse hele greia. Det er ikke lenger herren de tilber jenta mi, det er ham! Og de greier ikke se det selv! Men jeg ser du, jeg ser det og jeg tror den fyren hører hjemme på det andre stedet! "

Hilde måtte nesten smile av ordene og den gamle sukket lavt. "Slik han har behandlet den jenta burde han ha vært i fengsel. Hun kan ikke ha vært voksen nok da han begynte å tukle med henne og å si at hun fristet ham? Jeg trodde den slags gikk av moten da de sluttet å brenne kvinner levende på bålet jeg! "

Hun slo stokken hardt ned i bakken igjen, riktig så det sang! "Jeg så slike holdninger under krigen, jenter som ble glade i tyske soldater. De ble også frosset ut eller enda verre, jeg skulle tro vi var kommet lengre nå men nei, de selvgode styrer verden"

Hilde nikket, bestemor hadde rett i det. Menigheten beskyttet fyren så ingenting skulle få skitne til bildet av deres rene frelser. Det var til å bli kvalm av!

Hilde hjalp bestemoren hjem igjen, bygda var ikke stor men den hadde blitt en liten by de siste tiårene og det var et ganske bra folketall der. Nye folk kom flyttende inn hvert år på grunn av verftet som stadig fikk flere ordre på spesialbygde skip til oljeindustrien og fremtiden så lys ut der. Hun syntes bare at det var så synd av mange av de som bestemte var medlemmer i den forbaskede menigheten. Hun skjønte ikke hvorfor noen ville være med på slikt, var liksom ikke statskirka kristen nok? Var det den der følelsen av å være en av de få spesielt utvalgte som lokket? En slik "Jeg vet noe som ikke du vet så æda bæda" holdning?

Hun hadde allerede sett det, hvordan medlemmene nærmest

tvang andre til å ta samme holdning som dem selv. Kona til menighetsrådets leder hadde samme frisørdame som moren til Eldbjørg, som nå ikke fikk time der lenger. Årsaken var så dårlig kamuflert at det var til å le av! Og ikke fikk familien kreditt hos den faste landhandleren heller, de måtte reise til supermarkedet oppe i byen skulle de handle. Hilde visste at Eldbjørgs mor var alene med jenta og to gutter og hun hadde ikke engang egen bil. Faren hadde visst dødd i en ulykke på verftet to måneder før Eldbjørg ble født og siden da hadde visst den vesle familien greid seg selv. Om en kunne kalle det å greie seg.

Hilde hadde hørt holdningene de folkene spredte, de hørte hjemme i en annen tidsalder i hennes øyne. Eldbjørgs mor var liksom dårligere enn andre fordi hun var enke? Og fordi datteren skulle ha fristet den forbannede lederen? Hun kjente at det ennå kokte under topplokket hennes der hun skyndte seg bortover den islagte gata.

Hun skvatt da hun hørte en stemme som ropte navnet hennes. En høy svarthåret jente kledd i svarte jeans og en raff skinnjakke skyndte seg over gata og smilte bredt. Det var Laila, Hildes gode venn og en nabo også. Hun bodde to hus bortenfor Hildes og var ganske ny i bygda men hadde satt sitt merke der allerede. Om menigheten var nedlatende overfor Eldbjørgs familie var de på tuppene når det gjaldt Laila og hennes samboer Geir Robert. Ja at de var samboere var jo ille i seg selv, å bo sammen ugift slik var jo synd og fordervelse nok men Hilde var av og til modell, hun hadde vært stripper, hadde tatoveringer og slikt og hun gikk kledd på en måte få andre jenter der vågde.

Og samboeren hennes? Hilde hadde sett folk som gikk over på andre siden av gata, helt åpenlyst, når de to kom gående. Geir Robert var nemlig sanger i et band og ikke i et hvilke som helst band heller, nei han var frontfigur i et band som spilte steinhard black metal av det råeste slaget. Det var full pakke på scena med blod og lys effekter, liksminke og growling.

Hildes mor hadde vært skeptisk til de nye naboene i et par uker, så hadde Laila troppet opp på et møte i den lokale velforeningen med noen hjemmebakte kaker som gjorde så stor suksess at samtlige damer der formelig tagg om oppskriftene, noe de prompte fikk. Og hun strikket og sydde som et lyn, var en racer til å safte og sylte og var snart venninne med nesten alle damene der med unntak av de finere fruene i menigheten. De nektet å hilse møtte de Laila og Laila hilste blidt til dem hver gang og visste nøyaktig hvor hun hadde dem. Hun hadde sagt at det ikke var noen steder det foregikk mer snusk enn i slike frikirkelige samfunn og Hilde var så hjertens enig i det.

Ja selvsagt prøvde medlemmene av menigheta å sverte de to på alle tenkelige måter men heldigvis så var de fleste i bygda såpass moderne at de ikke brydde seg om det. Og de fleste likte både Laila og Geir Robert. Han jobbet på verftet som spesial sveiser og var bortimot uunnværlig der og Laila jobbet halvt som lærer på barneskolen og resten av tida var hun i full sving nede på den lokale skjønnhetssalongen i sentrum. Noen av de mest innbarka fruene hadde gått til rektor og ment at en slik kvinne ikke burde få undervise barn siden hun var så syndig men da hadde rektor heldigvis slått i bordet og fortalt dem med klare ord at hva folk gjorde på sin private fritid slettes ikke hadde noen innvirkning på jobben. Hun kunne vært hva som helst for alt han brydde seg, hun var en utmerket lærer.

Laila smilte men så Hildes ansiktsuttrykk og rynket pannen. "Noe galt Hilde? "

Hilde prøvde å smile men ansiktet var merkelig stivt og ville ikke være med. Hun hadde egentlig lyst til å snerre mot hele verden nå. "Har akkurat vært i kjerka, med bestemor. "

Laila så litt forskende på henne. "Det bruker da ikke være grunn for den slags sure miner?"

Hilde sukket lavt og kjente at hun var anspent og ille til mote, det verket liksom overalt. "Det er den idioten av en predikant, du har hørt ryktene har du vel? "

Laila sukket og la armene over kors, hun så brått temmelig truende ut for en som ikke kjente henne. "Jepp, kan ikke unngå det nei. Er det så ille som de sier? "

Hilde nikket, hun kjente at øynene ble mistenkelig blanke igjen. "Ja, alle slår ring om den forbanna... Slimålen! Og stakkars Eldbjørg hun har fått skylda! Og er liksom sååå fordervet og syndig! "

Laila bet seg i underleppa, hun så sint ut. "Slik er det alltid, har hørt om slike saker før. De sleiker slike kryp opp etter ryggen for å hindre at skandalene blir kjent, for da går de med i dragsuget siden de så åpenbart tilber typen! "

Hilde nikket. "Enig, det var ikke slik her før han kom hit, de var mer folkelige da men det krypet har nesten fått dem tilbake til middelalderen holdningsmessig sett. Du vet hva som skjedde i fjor sommer før du kom hit? "

Laila rynket pannen. "Nei? Hva da? "

Hilde sukket lavt. "Noen kasta en pose med innvoller på inngangsdøra til Doktor Hansen, og sykesøster på skolen fikk bilen sin tagget ned med diverse skjellsord. "

Laila så lettere sjokkert ut, hun hadde neppe hørt om det nei. "Hvorfor? "

Hilde lagde et slags smil. "Dr Hansen jobber på gynekologiske på sentralsykehuset og har utført aborter og sykesøster har delt ut p-piller til jentene på ungdomsskolen. Gjett om alle vet hvem som står bak men det var ikke håndfaste bevis så lensmannen kunne ikke gjøre noe!"

Laila hadde fått en hard linje i pannen, hun så sint ut. "Slike ting er som et jævla ras, en begynner med slike forskrudde holdninger og så prøver alle å overgå de andre så de skal fremstå som enda bedre og mer rett troende. Det er en innadgående spiral."

Hilde bare sukket og så ned på skoene sine, de var sølete og våte, hun burde skaffet seg noen nye snart. "Hmm, noen burde banket litt fornuft inn i hodene på dem igjen. "

Laila tok seg sammen. "Vet du, nå går vi hjem til meg og så spanderer jeg litt kakao og kaffe, jeg bakte litt i går og trenger en prøvesmaker. Deal?"

Hilde nikket og smilte, det var alltid så koselig hos Laila. Det vesle huset var liksom så trivelig med de fine gamle møblene og alt det rare som var samlet der. Det var et rot uten like til tider men det var bare sjarmerende og om det trengtes kunne hun visst få alt til å bli så skinnende rent at ingen husmor ville kunne finne noe å utsette på huset. Hilde hadde vært litt sjalu egentlig, Laila var så heldig på mange måter, hadde så mye. Og Geir Robert var så kjekk, i det minste hadde hun syntes det i begynnelsen. Ikke for det, hun syntes fremdeles at han var kjekk men han var jo opptatt og nå hadde hun fått øynene opp for en annen av gutta i bandet. Og han var singel og virket ikke helt uinteressert selv.

Hilde hadde vært på en konsert med gruppa en gang, for flere måneder siden. Det var sjelden de hadde konserter lokalt, mye pga all den negative oppmerksomheten imaget til gruppa trakk på. Noen trodde visst at de var den skinnbarlige selv og hisset seg opp til hysteri i diverse dårlig sammen bankede leserinnlegg i avisene. Men konserten hadde vært i nabobyen og Hilde hadde vært med Laila og fått gå back stage og hilse på alle. Det var flere band som spilte og hun hadde oppdaget at samtlige av de mange langhårete og svartsminkede karene var uvanlig trivelige å snakke med. Geir Robert sa at de fikk ut alt som helt frustrasjon og aggresjon på scena og i musikken. Og hun forsto det, for det var noe merkelig brutalt og samtidig vitalt ved den, noe fengslende som snakket til de mørkere sidene av sjelen.

Hun hadde vært litt sjokkert til å begynne med men så ble hun vant med stilen og det som hørte med og forsto at det bare var et image og en forsterkning av selve uttrykket i musikken de spilte. Hun hadde faktisk begynt å like stilen selv, og Laila hadde entusiastisk lært henne mye mer om både genren og den typen folk den trakk til seg.

Laila raste inn og slengte fra seg veska og jakka og Hilde fulgte henne inn på kjøkkenet. Geir Robert satt der allerede og drakk kaffe med håret satt opp og han stinket brent metall og svidd olje. Laila gav ham et kyss på kinnet og brydde seg ikke om lukta, hun var visst vant med den. "Hvordan har dagen vært? "

Geir Robert satte fra seg kaffekoppen og gliste. "Jeg dukka formannen i dag"

Laila snudde seg fort. "Du gjorde hva?!"

Geir Robert gliste enda bredere og Hilde misunte de to forholdet litt, de var så sammensveiset og de hadde liksom hverandre. "Han mente at de nye platene til den forsterkningen skulle punktsveises først, jeg sa at det ikke er lurt siden den legeringen trekker seg for mye sammen under oppvarming men nei, de skulle og måtte punktsveises ja. "

Laila satte seg ned ved siden av ham og trakk frem en kakeboks med noen små kaker som lignet litt på burgere. Merkelig farget var de også. "Smak, franske makroner. Har farga dem med konditorfarge så det er ingen fare! "

Hilde tok en rosafarget en og den smakte utmerket. Hun hadde ikke trodd annet heller. Laila vente oppmerksomheten mot sin kjære igjen. "Og? "

Geir Robert trakk på skuldrene. "Den stakkars idioten av en lærling punktsveisa hele driten, og da sveisemaskina begynte vred hele sulamitten seg så alle sveisesømmene måtte skjæres opp igjen, platene valses til på nytt, forsinkelser og forbannelser og ekstra kostnader an mass. Fordi den bade gakk-gakken av en formann ikke vet forskjellen på spesial stål og vanlig byggemateriale. "

Laila måtte fnise og Hilde lo også. Alle visste at formannen der på verftet hadde jobben fordi sjefen var i slekt med faren hans, egentlig var han utdannet som fløytist av alle ting. Laila satte seg litt bedre til rette i stolen og skjøv kakeboksen nærmere Hilde som for å fremheve at det bare var å forsyne seg. "Hilde fortalte meg noe bekymringsverdig nå nettopp. "

Geir Robert så forbauset på dem. "Ja? "

Laila fortalte fort om det inntrufne og han sukket og lente hodet mot hendene. "Det forundrer meg ikke, møtte på ene broren til Eldbjørg nede på verftet i forigårs, tror dere ikke kjerringa til menighetsrådslederen hadde vært hjemme hos dem og forlangt at Eldbjørg ble kastet på dør?"

Hilde gispet og Laila så ut som en tordensky. "Ja mora deres ante ikke sin arme råd stakkars, hun er jo et forsagt kvinnfolk og den burugla kjører jo over alle, ingen andre enn henne som slipper til med innspill der i gården. "

Laila skar en grimase, hun kjente til den damen. Hun satt alltid der oppe ved prekestolen rett ved siden av mannen sin, et langt skinnmagert kvinnfolk som så ut som et fugleskremsel.

Mannen hennes så temmelig utskremt ut så det var nok hun som var sjefen i huset, uansett hvor mye hun skrøt av at hun underkastet seg sin husbond som en god hustru skal.

Laila bannet matt. "Det må da være noe en kan gjøre med den idioten som leder dem?"

Geir Robert trakk på skuldrene. "Ikke om han ikke gjør noe direkte ulovlig. Det er religionsfrihet vet dere. "

Laila fnøs i nesa. "Frihet my ass! Da burde alle kunne ha religionen sin i fred men de folka der godtar jo bare sine egne. De er fan danse meg verre enn slike islamske fundamentalister! "

Geir Robert trakk på smilebåndet. "Nåååja, jeg vil ikke si det men de er ille, det er de. Var de slike før også? "

Hilde ristet på hodet. "Nei, før var de ok, helt vanlige folk som kanskje var litt mer bokstavtro til bibelen enn de fleste men greie. Det var da den tullingen kom at det gikk utfor bakke. "

Geir Robert trakk øyebrynene sammen i en tankefull grimase. "Når var det? "

Hilde måtte tenke seg om en stund. "Det er sju år siden tror jeg, jo jeg er sikker, akkurat sju år siden i mai. "

Geir Robert tenkte seg om. "Den karen må jo ha kommet fra et eller annet sted? Og han tok liksom over helt der og da? "

Hilde nikket. "Ja, han ble sjefen i løpet av bare noen uker, og så ble de mer og mer fanatiske og han styrer jo alt nå. "
Geir Robert så på Laila. "Det høres merkelig ut spør dere meg. Jeg tror jeg skal høre med gutta om de har noen ideer. Det er øving i kveld så vi får ha en liten ide samling etterpå. Du kan komme også Hilde. Vi er i kjeller'n under gymsalen, slik halv åtte. "
Hilde nikket litt nervøst, ide samling? Det kunne være at noen av dem hadde gode ideer og de ville hun ikke gå glipp av. Hun lovte fort å være der halv åtte og så takket hun for kakene og gikk hjem. Moren hennes var ikke hjemme fra jobb ennå men Hilde kunne lage seg middag selv så det gikk greit. Noen ganger var det en fordel å ha en mor som jobbet på sykehjemmet og av og til hadde helgevakt. En fikk liksom tid til å være alene og slappe av.
Hilde stakk til øvelsen og møtte opp som avtalt. Det var flere der allerede og hun kjente ikke alle. Antagelig hadde Geir Robert brukt jungeltelegrafen og det var flere enn bandmedlemmene der. Alle hilste og Hilde hilste tilbake, temmelig nervøst. Geir Robert satt med et ark og noterte, han smilte til henne. Laila drev å brygget kaffe på den gamle ovnen bakerst i lokalet, det var et mirakel at den ennå fungerte så gammel som den var. "Gutta har en del påfunn Hilde, og de er fornuftige! "
Hilde trakk frem en hard og nedsittet krakk og slo seg ned, det var en merkelig stemning der av fandenivoldsk energi. "Ok? Hva da? "
Geir Robert holdt opp arket. "Fyren må jo ha hørt hjemme et sted før og vi tenkte vi skulle finne ut hvor han kommer fra. Kanskje det er noe snusk på ham der også som menigheta burde kjenne til. "
Hilde fniste og karene så ivrige ut, de så sikkert for seg både det ene og det andre. Rart å tenke på at dette var gutter mange i bygda så på som de reneste satanister.
Laila halte frem en gammel reisetv og plasserte den på bordet.

"Det er vel sending nå, fra deres egen lille stasjon".
Hilde visste at menigheten hadde sin egen tv kanal som sendte
hver søndagskveld og noen kvelder i uka også. Det var stort
sett bare masse svada og selvforherligende skryt. Geir Robert
hjalp Laila med å plugge til og søke inn den gamle tv'n og et
litt uklart bilde av predikanten viste seg. Han sto der i kirka
foran altertavla og la ut om nåden og styrken han hadde funnet
i herren. En av de andre gutta gliste litt rått. "Legg på låta
Profit Preacher av Clawfinger på den snutten der så har dere
den perfekte musikkvideo. "
Gutta gliste men en av dem lente seg nærmere tv'n å myste litt,
han så ut som om han undret seg på noe. Geir Robert kikket
bort på ham. "Er det noe Kjell? "
Hilde kjente ikke Kjell, han var egentlig lys teknikker for
bandet og var sjelden i bygda, han var nesten tredve og svær
og langhåret men en rolig og stø kar. "Jeg tror forsyne meg jeg
har sett den karen før! "
Alle stirret på Kjell som myste på den dårlige skjermen igjen.
"Her i bygda? "
Kjell så litt irritert på Knut som spilte bass, det hendte han
stilte litt overflødige spørsmål. "Nei, da var det jo ikke noe å
skrike opp om"
Han pussa støv av tv skjermen. "Joda, jeg har sett ham, for ti år
sida da jeg besøkte søstra mi i statene. "
Hilde holdt pusten nesten. "Er du sikker? "
Kjell bannet litt. "Visst faan er jeg sikker ja, jeg kjenner igjen
det nesegrevet og den sleiken der ja. Fyren er ettersøkt dere! "
Geir Robert måpte og Laila slapp nesten kaffekanna i golvet
"Hæ?! "
Kjell nikket sindig. "Sant som jeg sitter her. Men han het noe
anna der borte altså, antagelig gjorde han navnet sitt mer
amerikansk. Og så stakk han på sitt norske pass for fyren er jo
født i Norge så vidt jeg veit. "
Geir Robert lente seg fremover og de andre så
forventningsfulle på Kjell. "Jammen hvorfor er han ettersøkt?"

Kjell skar en grimase. "Var en diger sak detta skjønner dere, var på tv hele tida da jeg var der borte. Ufyselige greier faktisk"
Han så litt advarende på Hilde som bare satt der og gapte. Kjell fortsatte etter å ha tatt en slurk kaffe, den var kølsvart og kruttsterk men det virket for at de likte den slik. "Fyren var leder for ei sekt der borte, slik skikkelig lukket og eksklusiv vet dere. Og han stakk med alt de andre eide og hadde. Rubbel og bit tok han og borte ble'n visst. "
Geir Robert slapp pusten med et gisp, han hadde visst holdt den lenge. "For en jævel?! "
Kjell så ned og skar en grimase. "Det var ikke alt, purken kikket jo karen nærmere etter i korta og han var innblanda i en del shady greier. Narko, prostitusjon, mafiaen ville visst gjerne ha et ord eller to med ham også, noe med en svindel. "
Gutta så storøyd på hverandre og vesle Eirik med det gulrotrøde håret gliste litt skjevt. "Du svindler ikke de folka der og overlever! "
Kjell fortsatte med lav stemme. "Ja, men det vakke det verste ser dere. Den sekta var temmelig pervo, han hadde visst førsteretten til alle kvinnfolka og da spilte ikke alderen noen rolle. Noen av de han kalte koner var visst bare en ti tolv år. Og de fant masse porr på maskinene til fyren, dyr og unger og fåglarna vet hva mer. Ja han var visst egentlig satanist og det ble nevnt at de linka ham til unger som var blitt borte, dyr som var funnet drept og slike ting."
Geir Robert fikk noe vilt i blikket, noe svart og farlig. "Så han er såpass gæern ja! "
Gutta så sinte ut alle som en. Eirik blåste i nesa. "Han rømte til gamlelandet og tok nytt navn og er i gang igjen tenker jeg. Og en slik dævel er leder for en menighet?!"
Geir Robert smilte sakte, og det var ikke et pent smil. "Tipper de fikk et litt annet syn på ham om de fikk vite om alt dette her! "
Kjell trakk på skuldrene. "Er mye info å finne tror jeg, det var

en stor sak der borte og de hadde bilder av ham også. In action bokstavelig talt. "
Knut satte fra seg kruset sitt med et smell. "Børre! Vi kan spørre Børre! Han er en trollmann på data! "
Geir Robert smilte igjen og slo neven i bordet så kaffekopper og kanne danset. Laila måtte berge kanna i all hast før den gikk i golvet. "Flott ide, ringer du ham? Og jeg tipper på at purken her er veldig interessert også. Er han ettersøkt og de gir folka der borte fritt leide kjøper de seg jo litt goodwill. "
Knut gikk ut og ringte Børre, Hilde kjente ikke Børre men visste hvem det var. Han gikk ut av skolen et par år før hun begynte og var kanskje en fem og tjue år. Svær og rund med tykke briller og fett hår, alle trodde han var en skikkelig taper når de så ham men Hilde visste at karen var et geni, særlig når det gjaldt datamaskiner. Knut kom inn igjen etter tjue minutter, ansiktet lyste formelig.
"Børre kommer hit om en halv time, han tar med utstyret sitt sa han. Han mente at han burde kunne fikse detta ganske greit. "
Geir Robert så litt betenkt ut. "Hva mener han med å fikse det?"
Knut rågliste, det blinket i tennene hans. "Jeg tror han mener at når han er ferdig kommer det svinet til å ønske at han aldri var født. "
Guttene så fremdeles litt sjokkert ut, Eirik tok en kake og tygde ettertenksomt på den. "Rart det der egentlig, at slike folk kan få slike stillinger. "
Knut nikket og Laila fylte i mer kaffe. "Det er bukken som passer havresekken tror jeg. Var det mye penger han snøt folk for? "
Kjell nikket og tok for seg av baksten. "Jepp, han stakk visst med rundt hundre og femti mill, i dollar altså. "
Flere plystret vantro og Geir Robert bannet kort, "Og ofrene sitter igjen med ødelagte liv tenker jeg, har sett hvordan slike sekter fungerer. De folka blir aldri kvitt traumene. "
Laila var svart i blikket. "Vet dere gutter, jeg tenker vi kaller

detta for operasjon Helvete! For han fortjener jaggu Helvete også!"

Ingen protesterte og Hilde kjente en merkelig kriblende følelse av iver i brystet, den var neppe snill men kanskje det var rettferdighet der ute allikevel. Kanskje den forbannede predikanten som kalte seg gudelig fikk som fortjent.

Snakket gikk nå, alle var ivrige og opphisset og Geir Robert sa at han håpet fyren gjorde det samme her, fant de noe slikt snusk kunne de virkelig snu folkesnakket hundre og åtti grader som han sa. Og trommeslageren og han som rigga det elektriske på konsertene rågliste og mente at noen fete bilder av predikanten sammen med kvinnfolk neppe ville gjøre noen skade. Hilde satt der som i en døs, ting skjedde virkelig og de skjedde fort! Laila smilte bredt, hun så glad ut. "Skal se det blir orden på det, at Eldbjørg får oppreisning. "

Hilde bare nikket "Får håpe det!"

Børre ankom, i en svær van som var lakkert nesten svart. I den hadde han en hel haug med datamaskiner og utstyr og han og gutta bar det inn og rigget det til på rekordtid. Da maskinene var oppe og gikk plugga han til diverse som sikkert var et slags mobilt bredbånd og han forklarte litt svett og gispende at det gjorde det umulig å spore maskina hans. Prøvde noen havna de på en server et eller annet sted i den dominikanske republikk. Børre så ut som om han tilbrakte livet i sin mors kjeller med W.O.W og pizza og porr men var skarpere enn mange andre og lynrask til å skjønne hva de ønsket.

Før de riktig rakk å skjønne det hadde han funnet haugevis av avisoverskrifter fra saken samt videoklipp, intervjuer med sektmedlemmer og politi. Alt la han over i en ekstern disk og så begynte han å virkelig jobbe. Han gikk inn på sekta sin egen hjemmeside som i hans øyne var

Amatør-arbeid av verste sort. Brannmuren deres kunne ikke stanset en fem åring med en kommodore sekstifire som han sa. Han sakset sammen opptak av predikanten og la dem i en egen mappe som han merket med navnet hans her i landet og navnet han hadde brukt i statene. Noen av filene postet han direkte til youtube med begge navnene gjennom en fiktiv persons konto. Geir Robert bare måpte av farten karen jobbet med. Børre bare gliste, smilte hans rakk fra øre til øre og det var tydelig at han elsket å virkelig få brukt det han kunne. Noen av filene sendte ham pr mail til noen av de politikontorene som ble nevnt i forbindelse med saken og han sendte dem også til politiet der i fylket. "Skal bli artig å se hva de nå får ut av detta"

Børre så fort på de andre der. "Det jeg skal gjørra nå er hacking av ganske så avansert grad, dere holder kjeft ok? "

Alle nikket og Hilde kjente en slags spenning, detta var ikke hva hun vanligvis ville gjort men det var utrolig fascinerende, og det tjente en god sak. Børre jobbet en god stund, alle satt som på nåler og stirret på skjermen som blafret i blått mens fingrene til Børre gikk som lynraske missiler over tastaturet. Etter litt gliste han bredt. "Han gjør det samma igjen folkens, jeg er inne på maskina menigheta har dokumentene sine på, er vel bare han som har adgang til den vil jeg tru, og det regnskapet skal dere lengre ut på sjøen med! "

Geir Robert satte seg ved siden av ham."Javel? "

Børre pekte. "Det kontonummeret der ser suspekt ut, jeg tror det er en skjult link her et sted. Når de tror at penga går til felles kassa så går mesteparten til hans egen konto. Jeg skal sjekke detta her tror jeg"

Laila så storøyd ut, det var noe som lignet hunger i blikket hennes og Hilde forsto det egentlig. Jo mer snusk de fant jo mer sannsynlig var det at detta ble tidenes oppvask. "Jepp, jeg hadde rett."

Børre tastet som en gal. "Han har en konto skjult i utlandet et sted, tipper mesteparten av penga er der. "

Geir Robert så smalt på skjermen. "Er det der hva jeg tror det er? "

Han var hås og Børre bare gliste stygt. "Jess sir, det er penger han har tynt til seg mens han har vært her. "

Geir Robert strøk seg over håret, han så sjokkert ut. Laila gikk bort og kikket over skulderen hans.

"Er dere gærne? Det er jo... "

Børre nikket. "Flere mill ja, skattefritt og ærlig og redelig stjælt. Hva syns dere jeg skal gjørra med dem? "

Geir Robert så spørrende på Børre. "Hva mener du? "

Børre hadde noe i blikket som minnet om vanvidd. "Han har jo ikke bruk for alle de penga? Jeg kan overføre mye av det til bedre folk kan en si. "

Han tasta litt til, scrollet og skiftet mellom to ulike maskiner. "På hovedkontoen hans i Sveits er det temmelig stint med penger. Jeg lar det stå igjen nok til at det får ham bura inne, og så folk får igjen litt, men jeg har en ide her. "

Hilde begynte å forstå at Børres ideer kunne være ganske så innfule.

Det ble tastet igjen i en stiv fart og Børre konsentrerte seg tydeligvis hardt. Han rettet seg opp og smilte nesten salig."Der, nå er det overført ganske mange mill fra den kontoen til kontoene til diverse terror grupper, flere bannlyste metal band og noen siter for sære fetisjer. Jeg har lagt det inn så det ser ut som om det har skjedd over flere år altså, ikke alt på en gang nei. Det ser mistenkelig ut. "

Geir Robert måtte glise. "Tror han vil få trøbbel med å forklare det. "

Børre trykket seg ut og gikk inn på menighetens pc igjen, trykket seg visst rundt litt og så rynket han pannen og så litt forbauset ut. "Visste dere at det er overvåkning i sakristiet? "

Hilde rykket til, hun husket brått noe som skjedde for mange år siden. "Jo, det er satt opp et kamera der. En tulling drev å tente på hus så de kosta på et kamera bare for sikkerhetsskyld. Det går visst bare i en slags loop tror jeg. "

Børre nikket og gryntet kort, han trykket seg rundt. "Aha, opptakene har blitt lagra på pc'n her helt automatisk, tror ikke noen har giddi å sjekke dem eller gå inn å slette dem heller. De har vel glemt hele greia tenker jeg. "

Laila la hodet på skakke. "Sjekk noen av dem, kanskje vi ser noe interessant? "

Børre åpnet en mappe og valgte en fil, den var kanskje et døgn lang og han rynket panna. "De har kjøpt et godt kamera, hel digitalt faktisk og veldig bra. Kan ikke skjønne hvorfor ingen har fulgt det opp? Det er jo ukevis på ukevis med opptak her! "

Fila åpnet seg, de så ned i sakristiet fra ene hjørnet der Hilde visste at det sto en høy og smal bokhylle med ekstra salmebøker i. Børre spolte fort fremover og det skjedde ikke noe lenge. Så ble det mørkt i rommet og lysene kom på.

Alle rykket til da de så bevegelse, Børre senket farten og de så at det var predikanten, han gikk rundt og virket for å vente på noen, så kom det en person inn og Laila måpte imponert. "Nei så dæven, det er jo selveste fru menighetsledern jo."

Hilde lente seg nærmere, jovisst var det den skinnmagre merra av et kvinnfolk, og hun var kledd i noe som på en vanlig dame ville vært både sensuelt og kanskje vovet men som på henne så direkte malplassert ut.

Børre gliste og Geir Robert bannet matt. Laila så bort og Hilde måtte se i taket, hun trodde ikke sine egne øyne. "Det.. det er jo.."

Børre nikket frydefullt. "Amatør porno av det verste slaget, jeg tror jeg heller ville knulla en vedstabel enn det kvinnfolket der men hu hei hvor det går gitt. Fyren må være altetende

Geir Roberts stemme var kald men klar, han slo i bordet. "Sjekk de andre filene raskt, se om det er flere av damene i menigheten som mottar nåden rett fra... "

Laila gliste slibrig og avsluttet "Det hellige legeme selv mener du, eller det hellige lem da vil jeg si stemmer bedre! "

Knut sukket og hadde et lidende uttrykk i ansiktet. "Jeg er ødelagt, banna bein. Jeg kan aldri ha sex mer etter å ha sett det der, det er jo.. urk! "

Eirik så mer nøktern ut. "Fyren gjør det med vilje, ser dere ikke det? Han har tatt vare på filene for å presse dem med dem! "

Alle så på ham med forvirring i blikket, Eirik var ikke den skarpeste kniven i skuffen men noen ganger sjokkerte han dem ved å slå til skikkelig og dette var et slikt tilfelle. Børre svor grovt og begynte å sile gjennom filene fort og elegant, det virket for at han hadde et program av noe slag som bare valgte de filene som viste folk og bevegelse for en god del filer ble bare borte og så gikk maskina fort gjennom resten. Hilde så vekk men hun skjønte på reaksjonene at Eirik hadde rett.

"Tror snart det bare er gamle enkefru Johansen han ikke har vært bortpå nå, og hu er jo nitti og sjelden ute av senga. "

Laila var matt i røsten og de andre gutta så sjokkert ut. Børre stanset maskina litt og kikket fort på ene fila. "Si meg, tar jeg feil eller er ikke det der... ? "

Geir Robert rykket til. "Nei så farao, så han står der og preker om at homofile og bifile vil brenne i helvete og så svinger han begge veier selv. "

Laila gliste og pekte på skjermen. "Jeg tipper at det blir ham selv som får'n rett i rassen neste gang, når han havner i fengsel."

Geir Robert myste litt. "Det der er sjefen for varelageret på verftet, ordentlig pirkete idiot som aldri unnlater å fortelle om hvor dydig og bra han er. Detta skulle gutta likt å se"

Hilde kunne snaut tro det, hvor mye var det egentlig den karen drev med av snusk?

Børre lagde kopier av filene og la dem på disken sin, så søkte han litt videre og etter litt fikk han en mine som lignet den en katt får når den ser en stor skål med fløte. "Han er idiot folkens, han har vært innom den maskina via sin egen. "

Geir Robert så vantro på ham. "Hæ? Virkelig? "

Børre nikket. "Oh yes baby, jeg kan tracke ham tilbake til han personlige gitt, skal jeg? "

Laila slo neven i bordet, det glødet i blikket hennes. "Gjør det, se hva du finner! "

Børre gikk i gang og brukte to tastatur og to skjermer mens han mumlet merkelige greier og fingrene gikk som lyn. Om han ikke var særlig sosialt glup så var han tydeligvis en av de bedre hackerne i landet. Det gikk litt mer tid nå og Laila kokte opp mer kaffe. Stemningen hadde blitt anspent og ventende, det var noe merkelig i blikkene der som fortalte om skadefryd men også sjokk.

Børre slo nevene sammen og bukket teatralsk "Og Voila mine damer og herrer, jeg har adgang."

Laila klappet ham på skulderen. "Se hva du finner, og lagre alt av interesse. «

Børre gikk i gang og stakk tunga ut av munnviken. Det så corny ut men viste bare at han konsentrerte seg maksimalt. Hilde likte ham bedre og bedre egentlig.

"Fyren er totalt amatør, de passordene kunne en dyslektisk blind og døv apekatt knekt med bind for øya og arma i fatle. "

Børre fniste litt og så spredte et huldsalig glis seg over ansiktet hans. "Aha, her har vi godsakene folkens. Jeg tror ikke dere vil se disse filene men jeg skal sende dem til purken både her og there over, og lage en liten overraskelse for ham. "

Laila rynket pannen. "Ille? "

Børre nikket. "Veldig ille, men jeg vet hvordan jeg skal få ham i garnet her, la oss se. "

Han virket for å sjekke hvor diverse filer var fra og så åpnet han nye vinduer og gjorde en hel masse Hilde ikke forsto.

"Såh, nå ser de hvilke siter han har vært bortpå og lasta dem fra, og hvem han har bytta bilder med også. I am good!!!"

Geir Robert skar en stygg grimase. "Unger? "

Børre nikket. "Jess, purken sporer en ring nå, tenker jeg linker ham til den jeg, så får han virkelig litt å tygge på. "

Laila gyste. "De kan vel ikke finne ut at du har vært der? "

Børre ristet på hodet. "Niks, jeg etterlater ingen spor. Han karen purken her i landet bruker på slikt er god, men jeg er bedre."

Børre fniste litt igjen og gikk inn på noen mapper, linket og trykket og jobbet lynraskt. "Loggen sier mye om hvor du har vært på nettet, skader jo ikke at han nå tilsynelatende ofte er på sider som viser søte rosa kosedyr, mannfolk i bleier og hjemmesidene til diverse band av det veldig svarte og dystre slaget. "

Laila gliste bredt. "Legg til noen dame sider også! "

Børre smilte nådig. "Som den skjønne damen ønsker, karens rykte skal sendes dypere enn dypt!"

Han klikka litt mer og bikket på hodet. "Denna siten her omhandler mote, sminke og denslags, de fleste brukerne er veldig femi homser. Greit? "

Laila fniste og det var lett hysteri i lyden. "Praktfullt min venn!"

Børre lekte seg nå, koste seg i glansen av all oppmerksomheten og det han fikk til. Det var antagelig sjelden noen satte slik pris på talentet hans som nå.

Han lente seg forover og kikket på noe som sto der, øynene smalnet litt. "Han er online nå, skal vi se hva han ser på? "

Geir Robert så vantro på Børre. "Kan du det uten at han merker noe? "

Børre nikket stolt og åpnet to vinduer og la dem side ved side. "Der ser vi hva han ser, og han har web camera så jeg skal se om jeg kan få det på uten at han merker det. Så ser vi ham også! "

Geir Robert måpte og fikk noe andektig i blikket og Laila gyste. "Er glad ikke mange greier detta her, storebror ser deg liksom. "

Børre bare smilte og klikket i vei. "Det er for en god sak, slike drittsekker fortjener å kastreres, sakte! "

Børre jobbet litt og ene vinduet kom på, det var en chattekanal for ungdom og Laila slo neven for munnen. "Åh det sviiinet"

Geir Robert bannet bare og Knut og Eirik og de andre karene så ut som om de var klare til å sløye noen. "Hun der er jo bare ni! Hun går på skolen der jeg jobber! "

Hilde så at det var profilen til ei jente, hun virket for å snakke med en annen jente men det var bare predikanten, i forkledning. "Han ber henne legge ut bilder av seg selv naken,

så de kan sammenligne..."
Geir Robert svor og snudde seg bort, Laila hadde uttrykket til
et rovdyr i ansiktet. "Kan du koble henne fra? Herfra? "
Børre nikket og fikk kobla fra jenta, hun ville bare tro at det
var kluss med serveren. Børre så på dem, det luet i blikket.
"Skal jeg lure ham tilbake? Jeg kan gå inn på nettet igjen i
kveld og se om jeg kan få ham til å bite på? "
Geir Robert nikket. "Ja, gjør det. Og ta opp alt sammen, det
blir bra beviser. "
Børre noterte seg det bak øret. "Hvor gammel vil dere jeg skal
være? "
Laila gyste synlig men stemmen var fast. "Ti, gjør deg så naiv
som mulig, men sørg for at det er veldig tydelig i
konversasjonen hvor gammel du er. Og prøv å gi inntrykk av
at du ikke skjønner hva han mener om han foreslår noe
tvilsomt."
Børre så smalt på Laila. "Jeg skjønner gamet baby, han skal
virkelig få slite med å bortforklare detta. "
Det andre vinduet blafret også til live og de så et litt fordreid
bilde av mannen som satt og stirret på skjermen, det blå lyset
gjorde ansiktet underlig fremmed men Hilde kjente ham igjen.
"Å fy søren, hva er det han gjør?! "
Børre gliste og Geir Robert skar en grimase av avsky."Det er
jo klart? Drar'n som om livet avhang av det, jeg teiper det! "
Børre smilte salig. "Klipper jeg riktig nå blir detta virkelig
saker! "
Hilde måtte nesten fnise også, men greide ikke helt. En gutt i
menigheten hadde blitt straffet med juling på bare baken foran
hele forsamlingen fordi moren hadde sett at han lekte med seg
selv. Hun håpet den forbannede predikanten fikk livstid!
Børre sjekket resten av pc'n også, noen filer kopierte han og
hun så at han sendte en del email fra sin egen maskin.
"Skatteetaten, folkeregisteret, barnevernet....denna lista blir
lang men jaggu skal det blir verdt det. "
Laila bare presset leppene hardt sammen. "Amen til det! "

Børre snek seg rundt i mannens pc som en katt på jakt etter mus, lirket frem filer og logger mannen neppe visste eksisterte og plasserte det meste i sine egne disker. "Sannheten kan være tung å svelge og jeg tro menigheta vil ha veldig tungt for å fordøye hva de nå snart skal få vite."

Han gikk ut fra predikantens maskin igjen og løftet armene som en mann som tilber en eller annen avgud. "Ærede forsamling, gjør dere klar for.... Børres åpenbaring!" Laila smilte sleskt. "Amen brødre, amen! "

Hilde følte seg merkelig fortumlet da hun gikk hjem, det var galt det de hadde gjort men allikevel riktig, ellers ble det jo aldri til at det svinet ble tatt. Moren hennes hadde hatt en hard dag med noen demente pasienter så hun merket ikke humøret hennes og Hilde la seg tidlig. Hun hadde ikke engang mareritt men tankene plaget henne lenge. Hun følte seg trett da hun våknet og ordnet seg og gikk til skolen.

Etter skoletid så hun at Laila ventet på henne utenfor hjemmet, hun så ivrig ut. "Børre fikk lokka ham i går kveld, og fant enda mer snusk fra borte i statene. Politiet har fått alt materialet nå, og Børre sier at det er som et vepsebol nå. De har brått masse spor å gå etter og slår nok til snart."

Hilde kjente at hun brått dirret, at hun ville se enden på dette. "Sa Børre noe om hva han vil gjøre da? "

Laila smilte innfult. "Kom til oss i kveld, vi skulle se på tv sa han. "

Hilde begynte å skjønne hva som skulle skje, hun merket noe som lignet fryd. Hun løp hjem og spiste middag, gjorde lekser og prøvde å ta det med ro men det var en merkelig iver i henne nå. Det trengtes en real oppvask i den menigheta og hun ante at den ville begynne denne kvelden. Hun husket sagnet om Herkules og Augias staller som var fylt med møkk og denne gangen var det nok Børre som var Herkules, og dataen elva som ville vaske alt rent igjen.

Hun gikk til Laila og Geir Robert i sju tida, begge var benket i sofaen og Geir Robert gliste litt sleipt. "Børre fikk det til å se ut som om fyren var blodfan av et par anti kristne band i statene, og fylte musikk mappene hans med det verste han kunne finne. Alt fra polka til elendig gammal hestejazz. Tror etterforskerne vil få seg en real latter! "

Laila slo på tv'n og fant riktig kanal. Det var bare flimmer foreløpig men snart kom ting til å skje. Hilde ante at det var barnemat for Børre å ta over sendingene til bibel kanalen som de kalte det. Laila smilte litt lurt. "Det kom en flokk med fremmedfolk til byen i dag. Venninna mi på hotellet sa at de sjekka inn i dag helt brått og de sa de var selgere men den skal de lengre ut på landet med. De var purk ja, med masse pc'er og greier. "

Geir Robert gliste. "De skal overvåke fyren litt før de slår til, bann på det. "

Tv'n våknet til liv og logoen til kanalen dukket opp, det var Jesus med et lam under armen og en bibel i andre handa. Men noen hadde vært kreative for bibelen var brått opp ned. Det var ikke sikkert alle la merke til det men Hilde fikk en gysende følelse av forventning. Dette burde bli bra. Predikanten dukket opp som vanlig, glattstriglet og velkledd med salvelse i blikket og bibelen oppslått foran seg på prekestolen. Han begynte med den vanlige presentasjonen, leste litt fra et bibelvers og så begynte han å snakke om hvor syndige alle var og hvor rene hans elskede menighet var blitt under hans kjærlige men dog tuktende hånd. Ja de var alle sikret en plass i evigheten. Og så skjedde det. Predikanten var brått borte, i stedet sto det en kappekledd skikkelse der som holdt et brennende kors. Det var en CGI effekt og en sabla god en også.

En malmtung stemme drønnet gjennom rommet. "Brødre og søstre, en hjord trenger en hyrde, ja uten er vi alle som forfløyne sauer i elgjakta. Som gråspurv i en badmington match. Men en hyrde må være en sann hyrde, ingen juksemaker pipelort hyrde, ingen hyrde som gnikker hyrdestaven uten vaselin eller bruker den på søyene og lar andre stuter..æh... værer... ta skylda for uønska lam. Nei en sann hyrde er hva alle trenger. Så se da hva som skjer med en menighet uten en sann hyrde. Jeg gir dere... Åpenbaringen, sannheten og det lyssky vesenet"

Hilde lo så hun gapte, Børre hadde lagt inn et manipulert bilde av en sau som sto og prøvde å blåse opp en oppblåsbar sau av gummi. Og så kom det, alt sammen. En mash up av filene fra sakristiet, av bilder fra predikantens pc og sitene han var innom. Det var sakset mesterlig sammen med biter fra prekenene hans og viste hvordan han metodisk brøt hvert eneste bud det er fysisk mulig å bryte for et menneske. Det var filer og filmsnutter fra statene der de så en mann som nesten sikkert var ham kose seg med noen gutter og en hest. Det var filer der han var ikledd en svart kappe med symboler som sikkert var reklame for den andre siden og i bakgrunnen mol stemmen hans selvgod og smørglatt om hvor ren og nestekjærlig han var.

Hilde trodde det knapt, at Børre kunne ha fått til alt dette og Geir Robert smilte litt drømmende. "Han har bestisser han også, som hjelper litt til. "

Hele snutten var bare noen få minutter lang men det var en ypperlig presentasjon av hva mannen egentlig var for noe, og hva han hadde gjort. Laila gliste fra øre til øre og Geir Robert lå bakover mot sofaryggen og lo så han hikstet. "Skal tro om de hovne fruene tør å klage over andres umoral nå, som hele bygda har sett dem ligge med baken i været for den idioten. "

Laila fniste. "Nei, tipper pipa får en ganske annen lyd ja"

Hilde lo også, det var tragisk hva den mannen hadde gjort men nå kom straffen.. og den ble velfortjent og hard.

I det fjerne hørte de brått sirener og Laila smilte drømmende og salig. "Dermed er det i gang, jeg tror åpenbaringen gikk rett hjem jeg gitt. "

At det var kaos var mildt sagt, brått virket det for at verden hadde snudd seg totalt. Alle lo til de grått over de patetiske unnskyldningene til diverse menighetsmedlemmer og det ble ganske mange heftige krangler og en god del skilsmisser utav det. Et par ble kjørt til sykehus med hjerteinfarkt, en ektemann strøk på dør og kom aldri tilbake igjen og mange oppdaget at de brått var blitt temmelig mye fattigere enn de regnet med. Foreldre var i harnisk og krevde å vite om deres barn var blitt ofre for det udyret og det nevnte udyret prøvde desperat å stikke av forkledd som en jente men ble fanget og bildene gikk landet rundt av karen som ble halt inn i en politibil av rasende politimenn. Han var iført sminke parykk og en rød kjole og latteren var helhjertet hos dem som så det. Politiet hadde mottatt mange anonyme tips og funnet temmelig sikre bevis mot mannen på computeren hans samt at de nå samarbeidet tett med politiet over i statene. De mente å ha bevis for at han sto bak flere mord. Altså ville han bli overført dit når alt var ordnet i gamlelandet. Skadefryden var til å ta og føle på. Brått var ikke de før så overlegne medlemmene av menigheten så overlegne lenger, flate var et ord som beskrev dem bedre. Hildes bestemor gikk i stedet i en annen kirke og trivdes mye bedre og ungdomsklubben tok over lokalene. Hilde fulgte med på nyhetene, rett som det var kom det noe nytt. De hadde rullet opp en hel pedofili ring pga innholdet på karens pc. De hadde funnet bankkontoer i ulike land og linket ham til alt fra al quaida til ku klux klan. Diverse bilder av fyren lekket til pressen som gasset seg i saftige detaljer og mange undret seg på hvordan dette hadde blitt oppdaget. Ingen fant ut noe for Børre holdt kortene tett ved brystet og ingen sladret. Bandet til Geir Robert lagde en låt de kalte dark revelations som var et sleivspark til den nå forhatte predikanten og de lokale tok hintet og gjorde låta til en hit.

Nå var det ingen som så ned på Eldbjørg lenger, nå var hun brått et offer og fikk støtte og respekt men det var merkelig bittert at det ikke hadde skjedd før. Men hun blomstret opp igjen og familien fikk det mye bedre. Hilde følte seg litt stolt tross alt, hun hadde vært med på det og sparket i gang det som skjedde og det hadde gjort bygda bedre å bo i.

Predikanten havnet i fengsel i statene etterhvert, i et av de hardeste også. Og han fikk en kjempe av en kar ved navn Abdul som celle kamerat, fyren var en mann som satt inne for å ha banket og skadet en barnemishandler alvorlig, og han fikk bemerkelsesverdig fort tak i hva hans nye nabo hadde gjort. Og predikanten fikk selv en liten åpenbaring i hva det innebærer å være hjelpeløs og i andres vold. Det var mulig at Vårherre hørte bønnene hans om å slippe enda en omgang i fellesdusjen men sannsynligvis snudde han bare det døve øret til. Det er noe som heter å rope ulv ulv.